JAN STEINBACH

Das *Strandhaus* der kleinen *Kostbarkeiten*

atb aufbau taschenbuch

JAN STEINBACH, geboren 1973, ist das Pseudonym eines erfolgreichen deutschen Schriftstellers, der sich bei einem vorweihnachtlichen Kurztrip in den Norden seiner Begeisterung aus Kindertagen für die Nordsee erinnerte. Inspiriert von gutem Essen, ebensolchen Gesprächen und dem Zauber des Meers im Winter entstand die Idee für den vorliegenden Roman.
Bei Rütten & Loening und im Aufbau Taschenbuch liegen von ihm außerdem die Romane »Willems letzte Reise«, »Das Café der kleinen Kostbarkeiten« und »Die Schwestern von Marienfehn« vor.

Widerwillig reist Karen zu ihrer entfremdeten Mutter an die Nordsee. Der jährliche Pflichtbesuch in Husum ist das Einzige, was die beiden noch verbindet. Dann begegnet Karen ihrem Jugendfreund Bent, für den sie schon damals mehr empfand, als sie zugegeben hätte. Bent will in der alten Heimat einen Gasthof am Meer eröffnen. Das gemeinsame Kochen im Strandhaus stellt nicht nur Karens Gefühlswelt auf den Kopf, auch werden alte Familiengeheimnisse ans Licht gebracht. Karen würde am liebsten davonlaufen – wäre da nicht die Magie der Weihnachtsnacht, die sie darin bestärkt, endlich zu dem zu stehen, was ihr wichtig ist.
Eine wunderschöne Liebesgeschichte voll kleiner Köstlichkeiten.

JAN STEINBACH

Das *Strandhaus* der kleinen *Kostbarkeiten*

Roman

aufbau taschenbuch

ISBN 978-3-7466-3852-2

Aufbau Taschenbuch ist eine Marke
der Aufbau Verlage GmbH & Co. KG

1. Auflage 2021
Vollständige Taschenbuchausgabe

Die Originalausgabe erschien 2019 bei Rütten & Loening,
einer Marke der Aufbau Verlage GmbH & Co. KG

Umschlaggestaltung www.buerosued.de, München
unter Verwendung eines Motivs von Alamy Stock Photo
Satz Greiner & Reichel, Köln
Druck und Binden CPI books GmbH, Leck, Germany
Printed in Germany

www.aufbau-verlage.de

Kapitel eins

Ratternd und schaukelnd bewegte sich die U-Bahn eine gefühlte Armeslänge vor ihrem Fenster über die Hochbahntrasse. Hinter regennassen Scheiben hockten müde Pendler, die auf ihre Smartphones starrten, auf Zeitungen oder einfach ins Leere. Flackerndes Neonlicht zog vorbei, das Signalgelb der Berliner Verkehrsbetriebe, dann war die U-Bahn verschwunden, und der blinkende Weihnachtsmann im grauen Fenster gegenüber trat von Neuem ins Blickfeld.

»Es wird schon wieder dunkel«, sagte Karen missmutig. »Dabei war es gar nicht richtig hell. Was für ein deprimierendes Wetter.«

Unten huschten Menschen mit eingezogenen Schultern über den Bürgersteig. Versuchten, sich vor dem kalten Regen in Sicherheit zu bringen. Autos und Straßenbahnen verstopften die Straßen, und in den Schaufenstern der Ramschläden leuchtete billige Weihnachtsdekoration.

»Heut ist eben Mittwinter«, erwiderte Gaby, ihre Sekretärin, die es sich mit Ingwertee und brennendem Adventsgesteck hinter ihrem Schreibtisch gemütlich gemacht hatte. »Du weißt schon, der einundzwanzigste Dezember. Der kürzeste Tag, die längste Nacht.« Mit einem Lächeln fügte sie hinzu: »Spürst du es nicht, Karen? Heute liegt Magie in der Luft.«

Unten fiel Karen ein dürres Mädchen ins Auge, dem ein halb verhungerter Hund hinterherlief. Der Hund ging plötzlich in die Hocke, machte mitten auf dem Gehweg einen Haufen und trottete unbeirrt weiter. Ein älterer Mann bemerkte es und brüllte dem Mädchen mit hochrotem Kopf etwas hinterher, doch die zeigte ihm den ausgestreckten Mittelfinger, ohne sich auch nur umzudrehen. Im Gewühl waren beide schnell verschwunden, zurück blieb nur der Hundehaufen.

»Ja, Magie«, kommentierte Karen.

Das Telefon klingelte. Sie wandte sich vom Fenster ab, doch Gaby war bereits am Apparat.

»Literaturagentur Peters«, flötete sie, und wie jedes Mal, wenn sie den Hörer nahm, setzte sie dabei ein Bühnenlächeln auf. Rückte ihr grellrotes Brillengestell zurecht, streckte den Rücken durch und nahm so schwungvoll den Hörer, wie es ihr massiger Körper nur zuließ. Alles wie gemacht für den ganz großen Auftritt. Und so klang dann auch ihre Stimme. »Was kann ich für Sie tun?«

Karen lächelte. Das trübe, trostlose Wetter konnte Gaby nichts anhaben. Sie war einfach unerschütterlich. An Tagen wie diesen wünschte Karen, sie hätte ein bisschen von dem sonnigen Gemüt ihrer Mitarbeiterin.

Sie ließ den Blick erneut über die triste Stadtlandschaft gleiten. Vielleicht lag es einfach nur daran, dass

Weihnachten vor der Tür stand. Und dass sie wie jedes Jahr das Weihnachtsfest an einem Ort feiern würde, an dem sie eigentlich nicht sein wollte.

»Oh, das tut mir leid«, hörte sie Gaby mit Bedauern in der Stimme sagen. »Aber Karen ist nicht da. Da haben Sie wirklich Pech gehabt.«

Überrascht wollte sie widersprechen, doch Gaby legte den Finger an die Lippen. Sie formte stumm ein Wort: *Sanna*.

Das bedeutete, Sanna Wolff war am anderen Ende. Ihre Bestsellerautorin. Gaby wusste offenbar, dass Karens Nerven an diesem Dezembertag ein wenig Schonung brauchten. Sie wollte sie vor ihrer anstrengendsten Klientin schützen.

»Sie ist gerade rausgegangen, um schnell was zu essen«, log sie schamlos. »Ja, ich weiß. Hier war den ganzen Vormittag der Teufel los. Und gleich hat sie schon wieder einen Termin. Wirklich zu dumm. Ich fürchte, heute wird das nichts mehr, Frau Wolff.«

Gaby zwinkerte triumphierend. Karen spürte ihr schlechtes Gewissen. Eigentlich mochte sie solche Spielchen nicht. Sie wollte ehrlich mit den Leuten umgehen, auch wenn das Kraft kostete. Sie wollte sich nicht verleugnen lassen.

Doch heute fühlte sie sich tatsächlich nicht danach, sich Sannas Tiraden über ihre Problemchen anzuhören. Also verhielt sie sich ruhig, auch wenn ihr das unangenehm war.

Wie es aussah, musste Gaby jetzt herhalten, denn das Gespräch hörte gar nicht auf. Doch gelang es Gaby problemlos, mitfühlende Seufzer und empörte Bekräftigungen auszustoßen und gleichzeitig mit den Augen zu rollen und Blumen an den Rand einer Zeitung zu kritzeln.

Karen setzte sich mit leichtem Unbehagen an ihren Schreibtisch. Schweigend ging sie ihre E-Mails durch. Es gab Neuigkeiten aus Husum: Ihre Hotelbuchung war erfolgreich, die Suite stand bereit. *Wir freuen uns, Sie an der Nordsee empfangen zu dürfen.* Dazu Informationen zu Restaurants und Sehenswürdigkeiten, als wäre sie eine Touristin. Nun stand der Reise nichts mehr im Wege.

Husum. Die Stadt ihrer Kindheit. Karen konnte nicht behaupten, dass sie sich darauf freute. Wie jedes Jahr Weihnachten würde sie dort ihre Mutter besuchen. Natürlich war ihr klar, dass viele Mutter-Tochter-Verhältnisse kompliziert waren. Doch das, was zwischen ihr und Marit war, hatte seine besonderen Untiefen. Dass Marit trotz aller Probleme gern so tat, als wären sie ein Herz und eine Seele, als passte kein Blatt Papier zwischen Mutter und Tochter, machte es nicht unbedingt einfacher.

Es würde wie jedes Jahr ablaufen: Karen würde im Hotel Quartier beziehen, ihre Mutter besuchen, Geschenke abwerfen, viel Süßes essen und sich dabei bemühen, »heile Familie« zu spielen, um alle Konflikte zu umschiffen. Sie würden ein paar anstrengende Stunden miteinander verbringen, wobei die oberste, natürlich unausgesprochene Regel lautete, zu vermeiden, über das zu reden, was früher war. Über das, was ihre Familie auseinandergebracht hatte.

Wenn Weihnachten schließlich vorbei wäre, würde

Karen tief durchatmen, zurück nach Berlin fahren und bedauern, dass sie wieder mal kein richtiges Weihnachten gefeiert hatte. Eines, wie man es sich vorstellte: mit brennendem Kamin und Kerzenlicht, mit Duft von Zimt und Kardamom, mit gutem Essen und im Kreis der Menschen, die man liebte. Und tief im Innern würde sie bedauern, dass Husum und die Kate ihrer Mutter einfach nicht der Ort dafür sein konnten.

Am Tisch gegenüber war Gaby immer noch am Telefon.

»Sobald sie wieder im Büro ist, sage ich ihr Bescheid«, flötete sie. »Dann ruft sie Sie zurück, Frau Wolff. – Ja, ich verstehe. Es tut mir sehr leid. – Natürlich. – Rufen Sie jederzeit gern wieder an. Wir freuen uns immer, von Ihnen zu hören.«

Sie legte auf, kicherte und nahm sich zur Belohnung einen Lebkuchen von dem Plätzchenteller, der für Besucher gedacht war.

Karen konnte sich ein Lächeln nicht verkneifen.

»Danke, Gaby«, sagte sie. »Auch wenn ich solche Schwindeleien eigentlich nicht besonders mag.«

»Ach, Unsinn. Das war Notwehr. Dafür kommen wir nicht ins Fegefeuer. Vertrau mir, ich weiß, wovon ich spreche.«

Karen ließ sich im Schreibtischstuhl zurücksinken. Sie schnappte sich ebenfalls einen Lebkuchen und kaute lustlos darauf herum.

»Du siehst nicht so aus, als würdest du dich auf die Weihnachtsferien freuen«, kommentierte Gaby.

»Ach, ich hab nur gerade die Buchungsbestätigung vom Hotel bekommen.«

»Und das hat dich daran erinnert, wie wenig Lust du auf deine Reise hast?«

Karen hob missmutig die Schultern.

»Doch hängt mein ganzes Herz an dir, Du graue Stadt am Meer ...«, begann Gaby zu rezitieren. Das berühmte Gedicht von Theodor Storm über Husum, das dort jedes Kind kannte.

»Ja, ja. Die graue Stadt am Meer«, stöhnte Karen auf. »So grau ist es gar nicht. Meistens jedenfalls nicht.«

»Der Jugend Zauber für und für«, fuhr Gaby fort. *»Ruht lächelnd doch auf dir, auf dir, Du graue Stadt am Meer.«*

Dann strahlte sie übers ganze Gesicht und verbeugte sich würdevoll vor nicht vorhandenem Publikum.

»Was machst du eigentlich Weihnachten?«, fragte Karen.

»Na ja ...« Sie grinste verschwörerisch. »Das mit Tom, das scheint was Ernstes zu werden. Wir haben jedenfalls Pläne für die Feiertage.«

»Ich verstehe«, lachte Karen. »Keine Einzelheiten bitte.«

Sie konnte immer nur staunen, wie rege das Liebesleben ihrer Kollegin war.

»Wir werden die Wohnung drei Tage lang nicht verlassen«, kicherte Gaby. »Es ist alles vorbereitet. Warum bleibst du nicht auch einfach in Berlin, wenn du keine Lust auf deine graue Stadt am Meer hast? Mach's dir doch hier gemütlich.«

Karen seufzte. Als wenn das möglich wäre.

»Ich meine es ernst, Karen. Du musst dir mal Zeit

für dich nehmen. Runterkommen und entspannen. Und wenn du mich fragst, könntest du auch mal wieder einen Mann im Leben gebrauchen.«

Oje, das wurde ja immer besser. »Bitte, Gaby! Was das betrifft, habe ich wirklich keinen Bedarf.«

Ihre letzten Erfahrungen in dieser Richtung hatten ihr nur gezeigt, dass sie allein besser zurechtkam. Sie brauchte keinen Mann, um sich wohl zu fühlen.

»Aber was den Rest angeht, hast du ja recht«, räumte sie ein. »Ich sollte mir mehr Zeit für mich nehmen. Einfach mal ein paar Tage auf dem Sofa verbringen. In Ruhe die ganzen Manuskripte lesen, die sich hier aufgestaut haben und …«

»Nein! Genau das sollst du nicht tun.«

»Wie bitte?«

»Ich weiß, es ist schwierig, wenn man selbständig ist. Trotzdem. Du musst wirklich mal entspannen. Die Arbeit ganz liegenlassen. Lesen ist perfekt zum Entspannen. Aber wenn, dann lies keine Manuskripte für die Arbeit, sondern ein paar tolle Romane, die du wirklich lesen möchtest.«

Karen schwieg. Sie wusste selbst, dass sie zu viel arbeitete. Es war eben nicht einfach, sich abzugrenzen, wenn einem der Laden gehörte.

»Vielleicht nehme ich mir im Januar ein paar Tage frei.«

»Unsinn. Da wird doch eh nichts draus.«

Wenn sie einen Blick in den Terminkalender für Januar warf, stimmte das wahrscheinlich. Doch sie konnte ihrer Mutter nicht absagen. Der Weihnachtsbesuch war schließlich Tradition.

»Du hast so stressige Monate hinter dir, Karen. Mach das einfach. Nimm dir Weihnachten frei. Tu nur, wozu du Lust hast, und sonst nichts.«

Die Vorstellung war verführerisch. Und wenn sie tatsächlich nichts machte? Außer auszuspannen?

»Ich könnte keinem sagen, dass ich in Berlin bin. Dann wäre ich ein paar Tage ungestört.«

»Du könntest auf dem Sofa sitzen, Ingwertee trinken, klassische Musik hören …«

»… Plätzchen naschen, eine Kerze anzünden …«

»… den Gottesdienst in der Passionskirche besuchen …«

»… und einfach nur entspannen. Ein paar Tage ganz für mich haben. Das hört sich wirklich toll an.«

»Siehst du! Wer hält dich also davon ab?«

Gute Frage. Hauptsächlich war es ihr schlechtes Gewissen, das sie abhielt. Und ihre Mutter natürlich, denn die würde ihr unterschwellig Vorwürfe machen.

»Deine Mutter kannst du an einem Wochenende im Januar besuchen. Das muss sie verstehen. Du bist einundfünfzig. Da kannst du mal ein Weihnachten aussetzen. Denk an dich.«

Karen zögerte. An sich selber denken. Wenn das nur so einfach wäre.

»Gib dir ’nen Ruck«, insistierte Gaby. »Man kann nicht immer tun, was andere von einem erwarten. Sei deine eigene Herrin.«

»Mal sehen. Ich denke darüber nach. Vielleicht bleibe ich ja wirklich hier.«

»Nicht mal sehen. Tu es einfach!«

Karen lächelte.

»Du bist ganz schön hartnäckig.«

»Schätzchen, ich arbeite schließlich jeden Tag mit dir zusammen. Du wirkst seit Monaten erschöpft, wenn ich das mal sagen darf.« Ironisch fügte sie hinzu: »Wenn du zusammenklappst, bin auch ich meinen Job los.«

»Daher die Sorge«, erwiderte Karen. Doch sie wusste, dass Gaby es nur gut mit ihr meinte.

Ein Lächeln schlich sich in ihr Gesicht. Warum eigentlich nicht? In ihrem Alter sollte sie wirklich so weit sein, ihre eigenen Entscheidungen zu treffen und sich von den Erwartungen anderer frei zu machen.

Gutgelaunt schnappte sie sich noch einen Lebkuchen. Weihnachten in Berlin. Allein auf dem Sofa. Was für eine verlockende Vorstellung.

»Was wollte Sanna Wolff eigentlich?«, wechselte Karen das Thema.

Gaby verzog das Gesicht, als hätte sie auf eine Zitrone gebissen. »Sich beklagen, was sonst?«

Karen schüttelte den Kopf. Sanna war noch so ein Grund, für ein paar Tage auf Tauchstation zu gehen. Keine permanenten Anrufe, in denen jedes Problemchen stundenlang besprochen werden musste. Einfach mal etwas Abstand von alldem gewinnen. Karen sollte es wirklich machen.

In diesem Moment klingelte das Telefon erneut. Karen warf einen Blick auf das Display. *Nummer unbekannt*. Sicher war das ihre Mutter. Es wunderte sie, dass sie nicht längst angerufen hatte. Besser, sie brachte es gleich hinter sich. Mal sehen, was sie dazu sagte, dass Karen Weihnachten in Berlin bleiben wollte. Am besten machte sie es kurz und schmerzlos. Innerlich wappnete sie sich, dann schnappte sie entschlossen den Hörer.

»Agentur Peters.«

Da erst bemerkte sie, wie Gaby ihr aufgeregt Zeichen gab. Erst verstand sie nicht. Und dann war es schon zu spät.

»Karen!«, drang es erleichtert an ihr Ohr. »Ein Glück, dass ich dich erreiche. Hier ist Sanna. Jetzt kann ich ja doch mit dir persönlich sprechen. Das ist perfekt …«

Kapitel zwei

Da es der letzte Arbeitstag vor den Weihnachtsferien war, öffneten Karen und Gaby am späten Nachmittag eine Flasche Sekt und saßen noch eine Weile plaudernd beisammen. Der Anrufbeantworter war angestellt und teilte allen mit, dass die Agentur in den Weihnachtsferien und erst am 2. Januar wieder besetzt sei.

Mit der plötzlichen Aussicht auf Freizeit und Erholung kam bei Karen zwischen Adventsgesteck und Plätzchenteller beinahe so etwas wie Weihnachtsstimmung auf. Jedenfalls genoss sie es, keine Termine mehr zu haben und keine Anrufe mehr annehmen zu müssen. Nachdem Gaby sich allerdings kichernd und ordentlich angetrunken verabschiedet hatte, entschloss Karen sich doch noch dazu, ein wenig zu arbeiten. Ganz abschalten konnte sie eben nicht, Weihnachtsferien hin oder her.

Sie nahm sich das Manuskript eines neuen Autors vor und notierte sich ein paar Vorschläge, wie der Autor noch daran feilen könnte. Wie so oft vergaß sie bei ihrer Arbeit völlig die Zeit. Irgendwann schlurfte sie mit Manuskript und Laptop hinüber in die Privaträume der Altbauwohnung, die vom Büro aus über einen langen, schmalen Flur zu erreichen waren. Sie schmierte sich in der Küche ein Käsebrot, kochte einen Tee, dann machte sie es sich auf ihrem Sofa bequem und versank von Neuem in ihrer Arbeit.

Erst als ihre Tochter nach Hause kam, stellte Karen fest, dass sie viel zu lange gearbeitet hatte. Hannah schimpfte stets mit ihrer Mutter, wenn sie fand, dass die zu viel arbeitete. Und so legte sie auch jetzt sofort los.

»Mama, bist du verrückt geworden? Weißt du eigentlich, wie spät es ist? Willst du etwa die ganze Nacht durcharbeiten?«

Karen reckte sich, massierte ihre Schulter.

»Ich hab wohl die Zeit vergessen …«, murmelte sie.

»Es ist gleich drei Uhr! Mitten in der Nacht!«

Ein leises Rumpeln verriet, dass Hannah nicht allein war. Ihr Freund war jedoch sofort ins Schlafzimmer gegangen, ohne sich im Wohnzimmer blicken zu lassen.

»Hast du nicht auch Ferien, Mama? Komm schon, ab ins Bett, aber schnell.«

Karen lugte heimlich in den Flur, doch die Schlafzimmertür war geschlossen und der junge Mann dahinter verschwunden.

Hannah bemerkte ihren neugierigen Blick.

»Ist es okay, dass ich Jonas mit nach Hause gebracht habe? Er hätte sonst mit dem Nachtbus nach Neukölln fahren müssen.«

»Natürlich ist das in Ordnung.« Karen stand auf und faltete die Wolldecke zusammen, unter der sie gelegen hatte. »Du bist dreiundzwanzig. Du kannst machen, was du willst.«

»Ich meine ja nur. Solange ich kein bezahlbares WG-Zimmer gefunden habe … Wenn dir das nicht recht ist …«

»Hör schon auf. Du wohnst hier, solange du willst. Und natürlich kannst du deinen Freund mitbringen.«

»Also gut. Danke, Mama.« Hannah gab ihr einen Kuss auf die Wange und steuerte ihr Zimmer an. »Gute Nacht. Du gehst jetzt aber auch ins Bett, ja?«

»Wann lerne ich ihn denn mal kennen? Ich meine, so richtig? Nicht nur mit Guten Tag und Tschüss.«

Hannah blieb in der Tür stehen. »Nach Weihnachten, das verspreche ich. Wir können ja zusammen Weihnachten nachfeiern. Essen gehen oder so.«

»Weihnachten …« Karen lächelte. »Ach, Hannah, ich wünschte, wir könnten dieses Jahr zusammen feiern. Du und ich, und meinetwegen auch Jonas.«

»Ja, ich auch. Aber ich feiere bei Papa, wie jedes Jahr. Und dann ist da noch die Party, zu der Jonas und ich wollen. Du weißt schon, die Christmas-Party im Treptower Hafen. Wir freuen uns schon seit Ewigkeiten darauf.«

Natürlich. Hannah war jetzt in dem Alter, in dem das Familienfest nur Vorgeplänkel war und die Partynacht der eigentliche Höhepunkt zu Weihnachten.

»Außerdem fährst du ohnehin nach Husum.«

»Also, was das angeht …«

Karen hatte inzwischen einen Entschluss gefasst. Es gab keinen Grund, das zu verschweigen. Oder sich dafür zu schämen.

»Ich habe mir überlegt, dieses Jahr hierzubleiben. Ich fahre nicht nach Husum. Ich bleibe in Berlin.«

»Das hast du dir heute überlegt?«

»Ja. Warum denn nicht?«

»Und was ist mit Oma?« Hannahs Stimme klang vorwurfsvoll.

»Die besuche ich ein anderes Mal.«

»Das ist nicht dein Ernst.«

»Warum denn nicht?«

»Das kannst du nicht machen, Mama. Soll Oma denn Weihnachten allein sein?«

»Sie ist nicht allein. Sie hat Freundinnen. Ich muss doch nicht jedes Mal an die Nordsee fahren. Wann haben wir beide überhaupt das letzte Mal zusammen Weihnachten gefeiert? Das ist Ewigkeiten her.«

»Aber wir sehen uns doch auch so jeden Tag. Ehrlich, Mama. Oma freut sich so auf dich. Das find ich nicht okay.«

Natürlich. Das hätte Karen sich denken können. Auch von ihrer Tochter war kein Verständnis zu erwarten. Sie kam genauso wenig auf die Idee, sich zu fragen, weshalb Karen so wenig Lust hatte, ihre Mutter zu besuchen. Immer ging es nur um die arme Marit, der man das nicht antun konnte. Ihrer Mutter gelang es eben viel besser als Karen, so zu tun, als wäre alles zwischen ihnen in Ordnung.

»Lad Oma doch über Weihnachten nach Berlin ein, wenn du keine Lust hast, nach Schleswig-Holstein zu fahren«, schlug Hannah vor. »Hier ist doch genug Platz. Ich fände das gar nicht schlecht. Dann könnte ich sie auch mal wiedersehen.«

Karen schnaubte. Dann gäbe es überhaupt keine Möglichkeit mehr, sich Marit vom Hals zu halten.

»Oma kommt auf keinen Fall nach Berlin. Darauf bin ich nicht vorbereitet. Ich bleibe in diesem Jahr hier, und fertig.«

»Aber du hast doch eh nichts vor. Da kannst du auch nach Husum fahren. Oma wird sicher traurig sein. Ich finde, du solltest …«

»Das ist nicht deine Sache, Hannah.«

Der scharfe Tonfall, mit dem Karen das sagte, erstaunte sie selbst. Sie bemühte sich, ihre Stimme freundlicher klingen zu lassen. »Tut mir leid. Aber das ist wirklich meine Entscheidung. Ich muss das so machen, wie ich es richtig finde.«

Hannah wollte etwas erwidern, überlegte es sich jedoch anders. Sie lächelte versöhnlich.

»Natürlich. Gute Nacht, Mama. Ich geh jetzt schlafen.«

So war Hannah. Sie wollte nicht mit ihr streiten, bevor sie ins Bett ging. Lieber gab sie nach.

Karen fühlte sich scheußlich. Als wäre nicht ohnehin schon alles kompliziert genug. Jetzt musste sie sich noch von Hannah Vorwürfe machen lassen. Was Karen anging, könnte Weihnachten ganz ausfallen in diesem Jahr. Ihr würde nichts fehlen.

Sie putzte sich im Bad die Zähne, zog das Nachthemd über, schlug verärgert die Kissen in Form und schlüpfte unter die Decke. Das Licht der Hinterhofbeleuchtung fiel matt durchs Fenster. Über den Dächern der Stadt leuchtete der Nachthimmel rosa. Mit dem Rauschen des Verkehrs und dem entfernten Lachen einiger Betrunkener im Ohr schlief Karen kurz darauf ein.

Als die Türklingel sie unsanft aus dem Schlaf riss, wusste sie nicht, wie lange sie geschlafen hatte. Jemand stand draußen vor der Wohnungstür. Noch ehe sie richtig wach war, wurde ihr klar, dass es Enno sein musste.

Er war wieder aufgetaucht.

Es klingelte erneut. Erst jetzt wurde Karen richtig wach. Sie stöhnte, reckte sich, wühlte sich unter der Bettdecke hervor. Die Uhr zeigte halb sieben. Es war immer noch stockdunkel draußen. Was für eine seltsame Vorstellung, dachte sie. Wieso sollte Enno vor der Tür stehen? Das war doch unmöglich.

Sie musste von ihm geträumt haben. Wie so oft. Von seinem verschmitzten Lächeln, seinen strahlenden Augen. Sie wünschte, er wäre wirklich vor der Tür, auch wenn sie wusste, dass dieser Wunsch niemals erfüllt würde.

Mit einem Seufzer stemmte sie sich aus dem Bett. Warf sich den Morgenmantel über, schaltete das Flurlicht ein, blinzelte gegen die plötzliche Helligkeit. Sie stolperte gegen das französische Beistelltischchen, stieß einen leisen Fluch aus, rieb sich die Augen. Dann zog sie die schwere Eichentür auf, die zum Treppenhaus führte. Es quietschte laut. Ein kalter Windhauch erfasste ihre nackten Füße.

Der Flur war dunkel. Da war keiner. Sie trat vor und sah ins Treppenhaus. Doch nichts.

»Mama?«, kam es verschlafen aus der Wohnung. »Bist du das?«

Hannah war mit kleinen Augen im Flur aufgetaucht. Sie blickte stirnrunzelnd zur offenen Tür.

»Was machst du denn da, Mama?«

»Bist du auch von der Klingel wach geworden?«

»Was? Es hat nicht geklingelt.«

»Doch, gerade eben. Das musst du doch gehört haben.«

»Ich bin wach geworden, weil du hier rumschleichst. Da hätte ich die Hausklingel sicher gehört. Die ist tierisch laut. Es hat nicht geklingelt.«

Seltsam, dachte Karen. Das konnte sie doch unmöglich geträumt haben.

Hannahs Zimmertür stand offen. Im Bett sah Karen einen blonden Haarschopf und nackte Füße unter der zerwühlten Bettdecke hervorragen.

»Geh wieder ins Bett, Mama. Schlaf noch ein bisschen. Du hast schließlich frei.«

Damit verschwand Hannah in ihrem Zimmer und schloss die Tür. Schützte ihren Freund vor neugierigen Blicken.

Karen blieb unschlüssig im Flur stehen. Sie schlurfte in die Küche. Schlafen würde sie ohnehin nicht mehr. Also setzte sie Teewasser auf.

Während das Wasser sich aufheizte, blickte sie gedankenverloren durch das Fenster in den Innenhof des Berliner Altbaus. Ein enger Lichtschacht, getünchte Mauern, hohe Sprossenfenster. Alles lag in winterlicher Dunkelheit.

Enno. Er fehlte ihr immer noch. Obwohl es eine Ewigkeit her war. Für lange Zeit war Karen in ihrer Wut wie gefangen gewesen, weil er sie alleingelassen hatte. Doch irgendwann hatte sie es verstanden. Hatte begriffen, warum er nicht mehr da war. Heute war sie nicht mehr wütend auf ihn. Nur noch traurig.

Im Wasserkocher zischte und brodelte es. Sie warf einen Teebeutel in ihre Tasse und goss kochendes Wasser darüber. Gegen die Anrichte gelehnt, wärmte sie ihre Hände an der Tasse.

Sie stellte sich vor, wie es wäre, wenn Enno hier wäre. Er würde am Küchentisch sitzen und zu ihr aufblicken. Mit seinem ironischen Blick und seinem angedeuteten Grinsen.

»Was soll ich nur tun?«, fragte sie laut. »Ich will nicht nach Husum. Ich habe mein eigenes Leben. Darum muss ich mich kümmern, nicht um Marit und ihr Leben. Das ist doch alles Vergangenheit.«

Er antwortete nicht, grinste nur schief. Das war typisch. Enno hatte sich oft auf Marits Seite geschlagen. Im Gegensatz zu Karen hatte er sich blendend mit ihr verstanden.

»Dann geht sie dir halt auf die Nerven«, sagte er. »Wäre das so schlimm?«

»Sie tut immer, als wäre alles in Ordnung. Als wäre nie etwas passiert. Warum muss ich das Spiel mitspielen? Warum muss es immer nach ihr gehen?«

»Weil du stärker bist. Weil dich das nicht anficht. Lass sie dir doch auf die Nerven gehen. Das hältst du aus.«

Karen nippte an ihrer Teetasse. Blickte schweigend zum verwaisten Küchentisch. Natürlich hatte Enno nicht mit ihr gesprochen. Sie war allein.

Ihre nackten Füße wurden auf den Küchendielen

kalt. Sie stellte die Tasse ab, ging ins Schlafzimmer, schlüpfte in ihre Hausschuhe. Auf dem Rückweg nahm sie ihren Laptop, um kurz die Mails zu checken. Sie konnte sich nie vollständig von der Agentur lösen, aber das gehörte in diesem Geschäft wohl dazu.

Mit Tee und Rechner setzte sie sich an den Küchentisch. Tatsächlich waren noch ein paar Mails eingegangen, aber es war nichts dabei, was nicht bis nach den Ferien warten konnte. Abgesehen von der Nachricht eines ihrer Autoren, der in seinem Chaos den aktuellen Buchvertrag nicht finden konnte und wissen musste, ob er seinen Abgabetermin schon verpasst habe. Die Kopie des Vertrags war vorn in der Agentur abgelegt. Kurzerhand ging Karen in die Büroräume, um den Ordner herauszusuchen. Ihre letzte Amtshandlung vor Weihnachten, schwor sie sich. Danach wollte sie die Arbeit ruhen lassen.

Die vorderen Räume waren über Nacht ausgekühlt. Es war noch immer stockdunkel, Laternenlicht fiel von draußen herein. Ein Martinshorn ging, dann ratterte die Hochbahn vorbei.

Der Lärm und die kalte Dunkelheit wirkten nicht gerade einladend. Dabei war sie bei der Gründung ihrer Agentur begeistert gewesen von der riesigen Altbauwohnung mit dem Deckenstuck, dem Fischgrätenparkett und den Schwingtüren, die mitten im belebten Szenekiez lag. Damals war alles so aufregend und urban gewesen. Leben und arbeiten mitten in der pulsierenden Hauptstadt.

Doch inzwischen sehnte sie sich nach Ruhe. Nach Licht. Vielleicht ein bisschen Grün, auf das man blicken könnte. Sie hätte nie gedacht, dass sich ihre Bedürfnisse so verändern würden. Es war doch kurios, was das Älterwerden mit einem machte. Karen fragte sich, was sie eigentlich umtrieb – ging es hier nur um einen freieren Blick auf den Himmel oder um eine ganz banale Weihnachtsdepression? Oder wusste sie eigentlich gar nicht, was ihr in ihrem Leben fehlte?

Mit dem Vertrag wollte sie zurück in die Küche, da klingelte das Telefon. Wer rief denn so früh am Morgen an? Noch dazu in den Weihnachtsferien?

Sie ging zum Telefon und sah aufs Display. *Nummer unbekannt*. War das vielleicht wieder Sanna? Sie spürte Ärger in sich aufsteigen. Wenn die nicht mal auf die Weihnachtsferien Rücksicht nahm, dann wollte sie ihr dieses Mal die Meinung sagen. Egal, wie wichtig sie als Klientin war.

Sie ging an den Apparat. »Peters.«

»Ein Glück, dass ich dich erreiche!«

Es war ihre Mutter. Beinahe hätte Karen aufgestöhnt.

»Ich habe seit gestern schon zigmal versucht, dich zu erreichen. Aber das ist praktisch unmöglich. Du gehst ja nie ans Telefon. Immer nur der blöde Anrufbeantworter.«

»Die Agentur ist geschlossen, Mutter. Wir haben Ferien. Du hast doch meine Handynummer.«

»Schon. Ich weiß nur nicht, wo die ist. Ich habe sie irgendwo hingelegt … Aber das ist doch auch alles in einer Wohnung bei dir. Du hörst doch, wenn man anruft?«

»Trotzdem. In den Ferien bleibt das Telefon unbeantwortet. Deswegen sind es ja Ferien.«

»Auch nicht, wenn ich anrufe?«

»Das kann ich doch nicht ahnen. Deshalb der Anrufbeantworter. Ich war nur zufällig in der Agentur, sonst wäre ich gar nicht rangegangen.«

Karen verdrehte die Augen und lief auf dem Parkett auf und ab. Das fing ja gut an.

»Also, weshalb ich anrufe …«, fuhr Marit fort. »Es geht darum, was ich kochen soll. Sonst machen wir am Heiligabend ja immer Labskaus. Aber ich dachte, ich könnte auch einen Braten machen oder Fisch. Ich weiß nur nicht, wann du überhaupt kommst.«

»Du sollst doch meinetwegen nicht groß kochen, Mutter. Das ist nicht nötig.«

»Aber irgendwas muss ich doch machen. Bei den Hansens gibt's Heiligabend neuerdings Raclette. Dann sitzen sie bis tief in die Nacht um den Tisch und legen immer noch eine Kleinigkeit nach.«

»Die Hansens sind auch ein riesiger Haufen Leute. Zu zweit wäre das ziemlich langweilig.«

»Aber ich muss heute einkaufen«, beharrte sie. »Du könntest mir wenigstens sagen, was du dieses Jahr vorhast. Was für Pläne du hast. Damit ich weiß, worauf ich mich einrichten kann. Kommst du überhaupt? Und wenn ja, wann?«

Karen vermutete, ihre Mutter fragte das nur, um ihr ein schlechtes Gewissen zu machen. Seit Jahren lief es immer nach dem gleichen Muster ab. Im Grunde wäre die Frage also überflüssig gewesen.

Doch nun bot sie eine gute Vorlage.

»Also, ich habe darüber nachgedacht, Mutter …«

Ich komme dieses Jahr nicht. Sie hatte es bereits auf der Zunge liegen. Doch dann dachte sie an Enno.

Wäre es denn so schlimm, Karen? Du bist stark. Lass sie dir doch auf die Nerven gehen.

»Karen? Bist du noch da?«

»Ja, ich bin noch da.«

»Was ist denn jetzt?«

»Also gut. Ich habe mir für dieses Jahr etwas anderes überlegt, Mutter. Ich komme etwas früher, wenn du nichts dagegen hast. Ich würde mich heute auf den Weg machen und für zwei Tage bleiben. Heiligabend allerdings würde ich zurück nach Berlin fahren.«

Es wäre ein Kompromiss. Sie würde die Weihnachtstage wie geplant auf der Couch verbringen und ihre Mutter trotzdem besuchen.

»Wäre das für dich in Ordnung, Mutter? Ich weiß, es ist etwas kurzfristig. Ich hatte nur bis gestern noch so viel zu tun, dass ich gar nicht über Weihnachten nachgedacht habe.«

»Nun ja … Du hättest tatsächlich früher was sagen können. Damit man sich darauf einstellen kann. Aber … Ich hätte wohl auch eher anrufen können.«

»Also, was meinst du? Soll ich mich gleich auf den Weg machen?«

Marit wirkte ein bisschen überrumpelt, doch sie willigte ein. Karen versprach, sich zu melden, sobald sie in Husum ihr Hotel bezogen hatte, dann beendete sie das Gespräch.

»Ich hoffe, dass du jetzt zufrieden bist«, sagte Karen in den leeren Raum hinein.

Dann wählte sie die Nummer des Hotels, in dem sie absteigen wollte. Zum Glück war das Zimmer heute ebenfalls frei. Sie könne jederzeit einchecken.

Mit dem gesuchten Buchvertrag kehrte sie zurück in ihre Küche. Sie schrieb dem Autor eine Mail mit seinem Abgabetermin, der natürlich nicht mehr zu schaffen war, und ließ ihre Arbeit endgültig Arbeit sein.

Durch die offene Küchentür blickte sie auf die Schlafzimmertür ihrer Tochter. Um Hannah musste sie sich keine Sorgen machen. Die würde ein paar schöne Tage mit Jonas verbringen. Wahrscheinlich würde es ihr gefallen, unvermutet eine sturmfreie Bude zu haben.

Karen hatte eine Idee. Sie sprang auf und ging zum Kühlschrank. Dann inspizierte sie den Küchenschrank. Es war alles vorhanden, was sie bräuchte. Bevor sie sich auf den Weg machte, würde sie für Hannah noch ihr Lieblingsbrot backen. Ein Apfelbrot.

Sie nahm eine große Schüssel, gab Dinkelmehl und Salz, Wasser, Öl und Nüsse hinein. Schälte Boskopäpfel und weichte Rosinen ein. Schließlich gab sie die Hefe hinzu und ließ den Teig ruhen.

Apfelbrot war die Spezialität ihres Vaters gewesen. Ein Relikt aus Karens Kindheit. Jedenfalls aus dem besseren Teil ihrer Kindheit. Als ihre Familie noch glücklich war. Immer, wenn ihr Vater Weihnachtsurlaub hatte, war bei ihnen in der Küche gebacken worden. Karen hatte es geliebt, wenn das Haus erfüllt war vom Geruch nach Äpfeln, Zimt, Nüssen und dem herben und warmen Aroma frisch gebackenen Brotes.

Ihr Vater hatte jeden Winter Apfelbrot gebacken – bis ihre Eltern sich hatten scheiden lassen. Da war sie dreizehn gewesen. Danach hatte es kein Apfelbrot mehr gegeben. Auch nicht, wenn sie bei ihrem Vater in den Ferien gewesen war. Mit dem Ende der Familie war auch das Apfelbrot aus ihrem Leben verschwunden.

Trotzdem hatte sie die Tradition nach der Geburt ihrer Tochter wiederaufgenommen. Karens Vater lebte damals schon nicht mehr, und es hatte sich als ziemlich schwer herausgestellt, an sein Rezept zu kommen. Doch schließlich war sie mit Hilfe ihrer Tante ans Ziel gelangt, die ein paar Notizen von ihm aufbewahrt hatte.

Seitdem duftete es auch bei ihr jedes Jahr im Winter nach frischem Apfelbrot. Ein Geruch, der für Hannah, wie sie ihrer Mutter einmal anvertraut hatte, ein Gefühl von Verbundenheit und Geborgenheit verhieß. So wie es früher für Karen selbst gewesen war.

Während sie die Hefe gehen ließ, sprang Karen unter die Dusche, machte das Bett und packte ihre Reisetasche. Viel würde sie nicht brauchen für die zwei Tage in Husum. Anschließend heizte sie den Ofen vor, knetete den Teig mit den Apfel- und Nussstücken und schob ihn in die Röhre.

Es dauerte nicht lange, da breitete sich der altvertraute Duft in der Wohnung aus. Beinahe glaubte Karen, Hannah müsste davon aufwachen. Doch in ihrem Zimmer rührte sich nichts.

Sie setzte sich an den Küchentisch und schrieb einen Zettel.

Bin auf dem Weg nach Husum. Ein wunderschönes Weihnachtsfest für dich und Jonas.

Sei geküsst, Mama

Dann holte sie das heiße, dampfende Brot aus dem Ofen und stülpte die Form um. Es sah perfekt aus. Die Vorstellung, eine noch warme Scheibe davon mit Butter zu bestreichen, ließ ihr das Wasser im Mund zusammenlaufen.

Hannah und Jonas würde ein tolles Frühstück erwarten, wenn sie aufwachten. Ihre Tochter wäre jedenfalls überglücklich. Karen nahm die Reisetasche und schlich durch den Flur. Vor Hannahs Tür blieb sie stehen. Drinnen war noch immer alles still. Plötzlich fühlte sie sich einsam, wie sie vor der geschlossenen Tür ihrer Tochter stand, die schon so erwachsen war, dass sie längst ihr eigenes Leben führte. In Gedanken wünschte Karen ihr alles Liebe, dann wandte sie sich zum Treppenhaus.

Als sie leise die Haustür öffnete, dachte sie noch mal an Enno. An das Klingeln, das sie aus dem Schlaf gerissen hatte. Ein seltsamer Traum, der jedoch viel bewirkt hatte, denn nun war sie doch auf dem Weg an die Nordsee.

Vorsichtig zog sie die Tür ins Schloss und stieg die knarzenden Treppenstufen hinunter. Hinaus in den grauen, verregneten Wintermorgen, um sich auf die Autobahn zu begeben und durch den trüben Tag nach Norden zu fahren. Nach Husum, der grauen Stadt am Meer.

Kapitel drei

Eine kräftige Böe ging über den Deich. Die Grashalme auf den Salzwiesen neigten sich im Wind, in den Wassergräben bildeten sich kleine Strudel und Wellen.

Ein paar Schafe, die kauend und blökend über das Deichvorland zogen, hielten zusammengeduckt inne, bis der Wind abflaute und sie sich allmählich wieder dem Fressen zuwandten.

Am Himmel türmten sich graue Wolken. Im Zwielicht der früh einsetzenden Dämmerung war der Horizont kaum mehr auszumachen. Das stahlgraue Meer wandelte sich übergangslos zu Dunst und Wolken und hohem Himmel.

Bent sog tief die kühle Luft ein. Ein Atemzug reinen Glücks. Er ließ sich den Wind um die Ohren pfeifen. Blickte aufs weite Meer hinaus. Lächelte.

Wie sehr er all dies vermisst hatte in den Jahren, die er in Frankfurt und Zürich gelebt hatte. Wie sehr sie ihm gefehlt hatte, seine Nordsee. Besonders an einem grauen Wintertag wie diesem. Der kalte Wind, der über die Deichkrone fuhr. Die salzige, reine Luft, die ihn frei durchatmen ließ. Die Wolkenwände, die von der Kraft der Natur zeugten.

Doch nun war er zurück. War heimgekehrt an sein Meer, um ein neues Leben anzufangen.

»Mensch, Bent. Wie lange willst du noch hier stehen und glotzen? Es ist tierisch kalt.«

Jens, sein Freund aus Jugendzeiten, der mit ihm zum Deich hinausgefahren war, stand frierend da, die Hände in den Taschen vergraben, die Schultern gegen den Wind gestemmt.

»Einen Moment noch, Jens. Wir gehen ja gleich.« Bent sog die salzige Luft ein. »Siehst du nicht, wie schön es ist?«

»Du warst echt zu lange in Frankfurt. Hier ist gar nichts schön. Es ist einfach kalt und ungemütlich. Außerdem haben wir Ebbe. Du siehst nicht mal viel Wasser. Nur Wattenmeer.«

»Das stört mich gar nicht. Sieh doch nur die Farben. Den Himmel. Was für ein großartiges Panorama.«

»Ja, ja. Panorama. Komm schon, Bent. Ich frier mir noch was ab!«

Er trat von einem Bein aufs andere. Sein schmächtiger Oberkörper steckte in einem dünnen Parka. Kein Wunder, dass ihm kalt war. Doch Bent konnte einfach nicht genug kriegen von der rauen Natur.

Es war schon seltsam. In all den Jahren, die er fort gewesen war, war ihm nicht bewusst gewesen, wie sehr ihm seine Heimat fehlte. Sicher, er hatte oft bedauert, nach einer stressigen Woche nicht einfach zum Deich rausfahren zu können, um spazieren zu gehen. Um sich richtig durchblasen zu lassen von der steifen Brise.

Trotzdem war er nie auf die Idee gekommen, nach Husum zurückzukehren. In der ganzen Zeit nicht.

Das hatte sich erst nach dem Tod seiner Mutter geändert. Als er sich eine Auszeit genommen hatte, um in seiner alten Heimat alles zu regeln. Das Haus aufzulösen, den Besitz zu veräußern und den vielen verpassten Gelegenheiten nachzutrauern, die ihn und seine distanzierte Mutter noch irgendwie hätten einander näherbringen können.

Erst da war ihm klar geworden, dass sein Leben als Unternehmensberater sich trotz all der Reisen, die er machte, im Grunde leer und bedeutungslos anfühlte. Trotz der Menschen, trotz des vielen Gelds und des Lebens in Luxushotels. Dass sein ganzer Erfolg nicht wirklich zu zählen schien, wenn er Bilanz zog über sein Leben. Dass es eigentlich um andere Sachen ging als um Geld und beruflichen Erfolg, sobald man die Frage danach stellte, ob man glücklich war.

Erst da hatte er beschlossen, tatsächlich zurückzukehren. Noch einmal von vorn anzufangen, mit Mitte fünfzig. Zurückzukehren an den Deich, um sich dort eine neue Existenz aufzubauen.

Vor ihm auf der Deichkrone stand einsam eine Bank. Von hier hatten Wanderer die perfekte Aussicht über das Wattenmeer. Jens hockte sich wie ein Jugendlicher auf die Lehne der Bank, die Füße auf der Sitzfläche, und zündete sich eine selbstgedrehte Zigarette an, wobei er seinen Körper schützend über das Feuerzeug beugte.

»Wer hätte gedacht, dass wir kurz vor Weihnachten für so was Zeit haben?«, sinnierte er und blies den

Rauch in den Wind. »Uns auf dem Deich rumtreiben und das Wattenmeer anstarren.«

»Keiner«, lachte Bent. »Wir wollten ja pünktlich zum Weihnachtsgeschäft öffnen. Wenn alles geklappt hätte, dann würden wir uns jetzt den Buckel krumm machen.«

Das Weihnachtsgeschäft war die Hauptsaison in der Gastronomie. Mit den Weihnachtsfeiern der Betriebe und den Wintertouristen und allem, was dazugehörte.

»Das Geld hätten wir gut gebrauchen können«, sagte Jens kopfschüttelnd. »Allein wegen der Investitionen. Was das bisher alles gekostet hat.«

Bent hatte einen alten Gasthof am Rande von Husum gekauft. Ein hutzeliges kleines Backsteinhäuschen mit Reetdach, mit wackeligen Sprossenfenstern und einem gemauerten Türbogen, das vor ein paar Jahren geschlossen worden war, als das Besitzerehepaar achtzig wurde und es keinen Nachfolger gab.

Bereits in den Jahren zuvor war der Gasthof in eine Art Dornröschenschlaf gefallen, hatte am Ende nur noch sonntags geöffnet und war von wenigen Stammgästen besucht worden. An der Einrichtung war seit Jahrzehnten nichts mehr geändert worden, der alte Charme war konserviert.

Bent, der nach genau so einem Ort gesucht hatte, um sein neues Leben anzufangen, hatte sofort zugeschlagen. Doch was zunächst wie ein Schnäppchen erschien, entpuppte sich als eine Dauerbaustelle. Es gab Probleme mit dem Denkmalschutz, das Dach musste erneuert werden, und schließlich stellte sich heraus, dass die Elektrik komplett neu gemacht werden musste. Der angepeilte Eröffnungstermin wurde zweimal verschoben, bis irgendwann klar gewesen war, dass es auch zum Weihnachtsgeschäft nicht mehr klappen würde.

»Einen Gasthof im Januar zu eröffnen, das ist wirklich saublöde«, sagte Bent. »Was Dämlicheres hat man selten gehört. Aber wir können nun mal nichts daran ändern.«

»Wenigstens ist es jetzt nur noch die Elektrik. Und die soll bis Weihnachten stehen. Um den Putz kann ich mich dann zwischen den Jahren kümmern. Was das angeht, müssen wir zum Glück nicht auf Handwerker warten.«

»Ein Glück, dass wir dich haben. Ich habe wirklich keinen Bedarf mehr an unzuverlässigen Handwerkern.«

Jens war der erste Angestellte in seinem Gasthof. Er hatte seinen Job als Pförtner sofort hingeworfen, als sein alter Freund Bent die Idee mit dem Restaurant hatte.

Er war die perfekte Besetzung: Zwar hatte er noch nie in seinem Leben einen seriösen Job gehabt, dafür kannte er sich mit allem aus, wofür Hilfskräfte gebraucht wurden. Vom Barkeeper bis zum Gerüstbauer war er schon vieles gewesen. Das machte ihn zum perfekten Mädchen für alles, was den Gasthof anging. Er war Hausmeister, Barkeeper, Kellner und Küchenhilfe in einer Person.

Bent konnte sich derweil darauf konzentrieren, was ihm am meisten am Herzen lag: das Kochen. Denn das war es, womit er sein neues Leben füllen wollte.

»Ich hätte damals Elektriker lernen sollen«, meinte Jens lakonisch. »Dann hätten wir Anfang Dezember aufmachen können. Dieses Rumsitzen und Warten, während doch gerade Hochsaison ist, das macht mich wahnsinnig.«

»Ja, mich auch«, meinte Bent, obwohl ihn die Situation nicht genauso belastete wie seinen Freund.

Finanziell war es keine Katastrophe für ihn. Er hatte genug Geld in seinem Leben verdient, da konnte er sich solche Verzögerungen leisten. Trotzdem wollte er die Sache ernsthaft angehen. Der Gasthof sollte nicht nur ein Hobby sein.

Im Parka seines Freundes machte sich klingelnd ein Handy bemerkbar. Jens zog es hervor und sah aufs Display.

»Wenn man vom Teufel spricht: der Elektriker«, sagte er und nahm das Gespräch entgegen. »Wurde auch Zeit, dass Sie sich melden. – Ach, tatsächlich? – Nein, das ist kein Problem. In einer Viertelstunde kann ich Ihnen aufschließen. – Dann bis gleich, ich mache mich auf den Weg.« Er grinste Bent breit an. »Sie kommen. Endlich.« Zögernd fügte er hinzu: »Ist es okay, wenn ich gleich zum Laden fahre? Ich meine, wir haben ja eigentlich eine Verabredung.«

»Natürlich ist das in Ordnung. Ich komme auch mit, wenn du willst …«

»Nein, nein. Nicht nötig. Das kriege ich allein hin. Bestell schöne Grüße von mir.«

Sie verabschiedeten sich, und Jens nahm die Steintreppe, die auf der Landseite den Deich hinunter zum Parkplatz führte, stieg in seinen Wagen und brauste davon. Bent sah ihm nach, bis er hinter einer Kurve verschwunden war. Dann ließ er den Blick landeinwärts wandern, zu der gedrungenen Kate, die sich hinter windschiefen Sträuchern und Silberpappeln versteckte. Dem kleinen Gehöft, das einsam in der weiten Landschaft stand. Wo er und Jens verabredet waren.

Gerade tauchte ein spielzeuggroßer Mensch vor der Kate auf. Es war eine ältere Frau, die ihn auf dem Deich entdeckt hatte und winkte: Marit. Sie wusste natürlich, dass Bent es war, der da oben dem Sturm trotzte. Sie schien sich zu fragen, weshalb er allein war. Das würde er ihr später erklären.

Er hob den Arm und winkte zurück, gab ihr ein Zeichen, dass er runterkäme, und kletterte über die moosbewachsenen Steinstufen hinunter zur Straße.

Marit und Bent verband eine Freundschaft, seit er sie auf der Beerdigung seiner Mutter kennengelernt hatte. Sie und seine Mutter waren Freundinnen gewesen. So waren Bent und sie miteinander ins Gespräch gekommen, und sie hatten sich auf Anhieb gut verstanden. Marit zeigte auf ihre Küche, bevor sie wieder ins Haus ging. Dort würde er sie finden. Bent streckte ihr den erhobenen Daumen entgegen.

Er musste plötzlich laut lachen. Ann-Sophie kam ihm in den Sinn, seine letzte Freundin, mit der er in Frankfurt zusammengelebt hatte. Was würde die sagen, wenn sie ihn sehen könnte? An einem grauen Wintertag hinterm Deich, am Tisch dieser vierundsiebzigjährigen Frau, die in ihrem Leben niemals etwas anderes als ihre Heimatstadt gesehen hatte und dennoch zu seiner besten Freundin geworden war?

Ann-Sophie würde diese Freundschaft niemals begreifen. Sie war eben wie sein bisheriges Leben: schön, rastlos, oberflächlich.

Natürlich hatte sie nichts mit der Idee anfangen können, in Husum ein neues Leben zu beginnen. Sie hatte einfach mit ihm Schluss gemacht, als klar geworden war, dass er es ernst meinte.

Bent konnte sich nur wundern, wie wenig es ihn verletzt hatte, als sie ihm den Laufpass gegeben hatte. Wie bereitwillig er sie hatte ziehen lassen.

Er war gespannt darauf, was Marit heute auf den Tisch brachte. Vielleicht wäre wieder eine Inspiration für sein Restaurant dabei. Damals nach der Realschule hatte Bent Koch gelernt. In einem der traditionellen Restaurants am Husumer Hafen. Eigentlich hatte er das Kochen geliebt. Doch in den Achtzigern hatte er sich dann für den zweiten Bildungsweg entschieden, warum, wusste er heute eigentlich nicht mehr. Es war wohl der Drang nach Größerem gewesen. Es folgten Abitur, Studium, die Karriere in der freien Wirtschaft. Und irgendwie hatte er darüber die Liebe zum Kochen aus den Augen verloren, genauso wie die Liebe zu seiner Heimat.

Marits Kate erinnerte an ein Hexenhäuschen. Alles war klein und gedrungen: die Backsteinmauern mit den leuchtend weißen Sprossenfenstern, die moosbewachsenen Dachpfannen, die zum windschiefen Schornstein führten, das grün gestrichene Stalltor, hinter dem Marits Garage lag, die Buchsbaumhecken und Kräuterbeete, die winterfest gemacht worden waren, und der wacklige Anbau, in dem sie ihr Brennholz gestapelt hatte. Alles wirkte versponnen und etwas weltfremd.

Er klopfte an die hölzerne Haustür und drückte die Klinke. Verschlossen war diese Tür nie. Jeder konnte bei Marit ein und aus gehen.

»Ich bin's«, rief er ins Haus und zog sich die Stiefel aus.

»Wo ist denn dein Freund?«, kam es aus der Küche. »Wollte der nicht mitkommen?«

»Er musste zum Gasthof. Die Elektriker sind da.«

Auf Wollsocken marschierte er durch Marits altmodisches, aber gemütliches Haus mit den gerafften Gardinen, den Knüpfteppichen und den Kupferpfannen an der Wand zur Küche. Ein herber, satter und leicht fruchtiger Geruch schlug ihm entgegen, genauso, wie man es sich an einem stürmischen Wintertag für die Heimkehr nach Hause wünschte. Das Versprechen eines wärmenden Eintopfs und von Gemütlichkeit und Trost.

»Was gibt es denn Leckeres?«, fragte er, als er in die Küche trat. »Das riecht ja köstlich.«

»Es gibt süßsaure Suppe mit Backpflaumen und Schwemmklößen.«

»Süßsaure Suppe? Die kenn ich noch von früher. Dafür werden Schinkenknochen ausgekocht, nicht wahr? Und um den leicht bitteren Geschmack zu neutralisieren, schmeckst du das Ganze mit Zucker und Essig ab.«

»So ist es. Dann kommen Hackbällchen dazu, und ich koche immer ein bisschen Porree und Möhren in der fertigen Suppe mit, bis sie bissfest sind.«

»Du hast einen Brandteig gemacht«, stellte er fest, als er den Topf bemerkte, in dem Reste des Teigs klebten. Bei diesem Teig wurden Klöße auf dem Herd in einem Topf unter ständigem Rühren erhitzt oder eben »abgebrannt«, bevor sie in die Suppe gegeben wurden. »Ich kann mich erinnern, dass meine Mutter immer Grießklöße dazu gemacht hat. Oder ist das unüblich?«

»Nein, das kann man auch. Ich finde nur, dass die Schwemmklöße aus Brandteig besser schmecken.« Lachend fügte sie hinzu: »Vielleicht liegt es auch daran, dass sie mir besser gelingen. Grießklöße sind nicht so mein Fall.«

Bent stimmte in ihr Lachen ein. Wie jedes Mal waren sie sofort mittendrin im Fachsimpeln, und übers Kochen konnten sie stundenlang reden. Bent liebte es, mit Marit die Feinheiten der friesischen Küche zu diskutieren. Sie war noch eine Hausfrau vom alten Schlag und weihte ihn allzu gern in die Geheimnisse der heimischen Kochtraditionen ein. Denn Hausfrauen wie sie gehörten der letzten Generation an, die schon seit jeher so kochte, wie es in den angesagten Restaurants heute wieder gefragt war: regional, nachhaltig, saisonal und natürlich. Eben wie gekocht wurde, bevor es die Lebensmittelindustrie gab. Getreu der jahrhundertealten Tradition, mit dem zu arbeiten, was das Meer und das raue Land dem Menschen gaben. Auf diese Weise wurden Geschmäcker hervorgebracht, die natürlicher, reiner und intensiver waren als das meiste, was einem heutzutage serviert wurde.

Es war genau die Art Küche, die Bent liebte und die er in seinem kleinen Gasthof kultivieren wollte. Deshalb und aus vielen anderen Gründen war ihm die Freundschaft mit Marit wichtig.

»Setz dich schon hin«, sagte sie. »Ach, hol vorher noch Suppenteller aus dem Schrank. Und den Untersetzer für den Topf. Nein, den da vorn. Genau. Vorsicht, heiß und fettig …«

Marit stellte den Topf auf dem Tisch ab. Anfangs hatte sie ihre Suppen noch in Porzellanschüsseln umgefüllt, doch inzwischen waren sie so vertraut miteinander, dass sie darauf verzichtete. Sie waren beinahe so etwas wie Familie geworden.

Bent deckte den Tisch und rutschte auf seinen Platz auf der Bank. Hinter den Sprossenfenstern wurde es bereits wieder dunkel. In Marits Garten funkelte eine Lichterkette in einem Bäumchen und setzte so der Dunkelheit ein Stück adventlichen Glanz entgegen. Der Sturm zerrte an den Zweigen und ließ die Lichter in der Dämmerung schaukeln. Schneeregen setzte ein und peitschte gegen die Scheiben. Bent genoss es, hier in der warmen und wohligen Küche zu sitzen.

Marit füllte seinen Teller mit Suppe, gab Schwemmklöße und Backpflaumen dazu, und er probierte sofort die duftende Suppe. Es war richtiges Trostessen. Herzhaft und süß, warm, erdig und dabei nicht zu schwer.

Wie so oft, wenn Marit kochte, war auch diese Suppe auf ihre Weise besonders, ohne allzu kompliziert zu sein. Einfach und lecker und dennoch raffiniert.

»Die setze ich auf meine Karte«, schwärmte er. »Das ist genau das Richtige an einem düsteren Tag wie heute.«

»Und die Älteren kennen sie bestimmt noch von früher.«

»Deine Familie hat wirklich Glück mit dir gehabt. Nicht jeder hat eine Mutter, die so gut kochen kann.«

An Marits versteinertem Gesicht erkannte er, dass er offenbar in ein Fettnäpfchen getreten war.

»Ich hätte mich jedenfalls darüber gefreut«, schob er mit leicht aufgesetzter Fröhlichkeit hinterher. »Aber ich weiß nicht, ob du mich gern zum Sohn gehabt hättest. Früher war ich wirklich ein schwieriges Kind.«

»Das kann ich mir gar nicht vorstellen«, lachte sie. »Bestimmt warst du ein lieber Junge.«

»Meine Mutter musste regelmäßig beim Schulrektor aufkreuzen. Ganz zu schweigen von den vielen Fensterscheiben, die mein Fußball zertrümmert hat.«

Marit lächelte. Er hatte seinen Fauxpas ausgeglichen. Bent wusste nicht viel über Marits Familie. Ihr Mann war vor geraumer Zeit gestorben, wobei sie ohnehin geschieden gewesen waren. Außerdem hatte sie eine Tochter, Karen. Sie musste auf Bents Schule gegangen sein, allerdings ein paar Jahrgänge unter ihm, und für die Jüngeren interessierte man sich als Jugendlicher nicht. Deshalb konnte er sich nicht an sie erinnern.

»In ein paar Tagen ist Weihnachten«, sagte er mit Blick auf den leuchtenden Baum im grauen Garten. »Kommt deine Tochter nach Husum? Das tut sie doch jedes Jahr, oder?«

»Karen kann dieses Jahr Weihnachten nicht hier

sein«, sagte sie und fügte eilig hinzu, als sie seinen Gesichtsausdruck sah: »Sie kommt natürlich trotzdem. Nur etwas früher. Heiligabend fährt sie zurück.«

»Dann ist sie Weihnachten nicht hier?«

»Dass sie überhaupt kommt, ist doch schön. Sie hat immer so viel zu tun, weiß nie, wo ihr der Kopf steht. Das muss ein sehr stressiges Leben sein, das sie führt. Aber auch ein aufregendes. Sie arbeitet in der Buchbranche. Ich habe doch erzählt, dass sie eine Literaturagentur hat?«

Bestimmt ein Dutzend Mal hatte sie ihm das erzählt. Sie platzte geradezu vor Stolz, wenn sie von ihrer Tochter sprach. Die hier allerdings ziemlich selten auftauchte, und wie er zwischen den Zeilen herausgehört hatte, wurde Marit auch niemals nach Berlin eingeladen.

»Weißt du, dass sie Sanna Wolff vertritt?«, fragte sie begeistert. »Ich habe jedes Buch von ihr gelesen. Und Karen kennt sie persönlich. Sanna Wolff – stell dir vor, ist das nicht aufregend? Du glaubst gar nicht, wen Karen alles kennt. So viele berühmte Leute.«

Berühmte Leute, dachte Bent. Er hatte auch mit einer Menge reicher und berühmter Leute zu tun gehabt, in seinem alten Leben in Frankfurt. Doch die kochten auch nur mit Wasser. Und viele waren so abhängig von ihrem Ruhm, dass nichts von ihnen übriggeblieben wäre, wenn man ihnen den genommen hätte.

»Die hat viel Wichtigeres zu tun, als hier in die Provinz zu fahren. Ich bin froh, dass sie überhaupt kommt.«

»Aber Weihnachten feiert man doch mit seiner Familie?«, bohrte er nach, auch wenn das vielleicht nicht ganz fair war. Schließlich hatte er auch kein gutes Verhältnis zu seiner Mutter gehabt. Doch die war eben nicht wie Marit gewesen. Nicht so herzlich und liebenswert und wohlmeinend.

»Ach, das ist schon in Ordnung«, sagte sie. »Es ist doch schön, dass sie es überhaupt schafft. Sie hat ja auch eine Familie.«

Bent wollte es dabei belassen. Er wechselte das Thema.

»Hast du eigentlich ein typisches Weihnachtsessen?«, fragte er. »Etwas, das bei euch immer auf den Tisch kam?«

»Am Weihnachtstag habe ich früher meistens Ente gemacht. Heiligabend gab es bei uns immer Labskaus. Weil ich keine Freundin bin von Kartoffelsalat mit Würstchen. Und Karpfen isst man hier in der Gegend ja nicht.«

»Labskaus? Interessant. Und wie bereitest du es zu? Du hast doch bestimmt ein eigenes Rezept.«

Und sofort waren sie wieder mittendrin in einem weiteren Gespräch übers Kochen, das damit endete, dass Marit aufstand und aus einer Rezeptsammlung, einer Kiste mit vergilbten Zetteln, die teilweise noch mit Sütterlinschrift beschrieben waren, ihr altes Labskausrezept hervorkramte, um es ihm zu zeigen.

»Wenn du Weihnachten nichts vorhast«, sagte Bent, nachdem er das Rezept mit dem Handy abfotografiert hatte, »könnten wir ja vielleicht zusammen feiern.«

»Aber du hast doch sicher schon Pläne.«

»Jens hat mich eingeladen, aber ich glaube, hauptsächlich aus Mitleid. Er und seine beiden pubertierenden Töchter brauchen mich jedenfalls nicht, um sich gegenseitig anzupflaumen. Das schaffen die auch allein.«

Marit gefiel der Gedanke, das sah er sofort. Doch sie wollte sich offenbar nicht festlegen. Vielleicht hoffte sie insgeheim, dass ihre Tochter doch über Weihnachten blieb.

»Ich muss erst überlegen, was ich für Karen koche«, sagte sie eilig. »Sie kommt ja jetzt früher. Ich habe also noch eine Menge zu tun.«

»Keinen Stress. Lass es einfach mal sacken. Wenn du sonst nichts vorhast, ich würde mich freuen. Das überlegen wir uns einfach kurzfristig.«

Daraufhin verfielen sie in Schweigen. Sie löffelten ihre Suppe, während draußen der Sturm gegen die Sprossenfenster drückte.

»Schön, dass du zurückgekommen bist«, sagte Marit schließlich.

»Ja«, erwiderte er und sah hinaus in die weite Ebene, über der sich dunkle Wolkenwände türmten. »Ich hätte das schon viel früher tun sollen.«

Kapitel vier

Sie war überraschend gut durchgekommen. Auf der Autobahn hatte es weder Staus noch Baustellen gegeben. Früher als erwartet fuhr sie mit ihrem Fiat 500 in ihre Heimatstadt ein. Das Hotel lag direkt am Binnenhafen, so musste sie nicht erst quer durch die Stadt. Sie parkte den Wagen hinterm Hotel, checkte ein und brachte ihr Gepäck aufs Zimmer.

Zuerst überlegte sie, in die hauseigene Sauna zu gehen oder in den Fitnessraum. Sich rundum verwöhnen zu lassen und sich auf diese Weise innerlich auf den Besuch bei Marit vorzubereiten.

Doch stattdessen zog es sie nach draußen. Nach der langen Fahrt würde ihr ein kleiner Spaziergang guttun. Einmal zum Hafen und an der Wasserreihe entlang, dann weiter bis zum Marktplatz und wieder zurück. Nach diesem kleinen Rundgang konnte sie immer noch die Annehmlichkeiten des Wellnessbereichs nutzen.

Der Binnenhafen, der in Sichtweite des Hotels lag, erstrahlte bereits in weihnachtlichem Glanz. Bei einem Segelschiff, das im Hafen vor Anker lag, waren der Mast und das Tauwerk mit Lichterketten behängt, die alles andere im Hafen überragten. Darunter, entlang der Kais, waren geschmückte Nadelbäume aufgestellt, und auch an den angrenzenden Backstein- und Giebelhäusern leuchteten zahllose kleine Lichter. In der Dämmerung und in dem von der See aufziehenden Dunst wirkte der Hafen wie verzaubert.

Karen erinnerte sich gut, wie grau und heruntergekommen der Binnenhafen in ihrer Jugend ausgesehen hatte, überhaupt die ganze Altstadt. Ein Teil der alten Bebauung musste damals Neubauten und modernen Kaufhäusern weichen. In den Siebzigern hatten die Nachkriegsbauten noch als schick und modern gegolten, während die alten Bauten grau und unscheinbar schienen. Heute, stellte sie fest, war es umgekehrt. Die alten Häuser leuchteten nun in allen Farben und strahlten wie aus dem Ei gepellt, während die jüngeren Gebäude inzwischen billig und farblos wirkten.

An jeder Ecke überkamen sie Erinnerungen. An durchfeierte Nächte, in denen sie zu viel Alkohol getrunken hatte. An Ecken, in denen sie mit ihren ersten Liebschaften gewesen war.

Auf dem Marktplatz gab es einen Weihnachtsmarkt. Zwischen Marienkirche und altem Rathaus duckten sich, umrahmt von Weihnachtsbäumen und unter leuchtenden Girlanden, eine Handvoll Stände und Holzbuden. Der Duft von Glühwein und gebrannten Mandeln wehte herüber.

Karen beschloss, über den Markt zu bummeln, in diese bunte Lichterwelt einzutauchen und sich die

Auslagen der Händler anzusehen. Kaum war sie durch den Torbogen am Eingang getreten, da marschierte eine Gruppe Musiker mit Blasinstrumenten im Zentrum zwischen den Buden auf. Dick eingepackt und mit fingerlosen Handschuhen stellten sie sich auf, nahmen ihre Instrumente und begannen zu spielen: »Tochter Zion«.

Karen blieb neben einem Stand stehen und schaute. Alles war so beschaulich und gemütlich und entspannt. Sie spürte, wie sich die Anspannung in ihr zu lösen begann. Wie die ganze Hektik der letzten Zeit plötzlich von ihr abfiel.

Eine Weile hörte sie den Blechbläsern zu. Dabei fiel ihr eine Gruppe Frauen ins Auge, die an einem Glühweinstand beisammenstanden, plauderten und lachten. Daneben sah sie ein älteres Pärchen, einen Mann und eine Frau, beide schon weiß auf dem Kopf, die sich anlächelten wie verliebte Teenager. Dieser Ort, die Lichter, diese Stimmung, alles war wie gemacht dafür, zusammenzukommen und denen zu begegnen, die einem nahe waren. Karen spürte ihre Einsamkeit. Keiner sollte hier allein sein müssen, fand sie.

»Karen?«, drang es aus der Holzhütte neben ihr. »Karen Peters? Bist du das?«

Hinter der Verkaufsfläche stand ein Bär von einem Mann. Langhaarig, muskulös, tätowiert und in Biker-Klamotten. Karen erkannte ihn sofort: Es war Püppi. Er hatte ein bisschen Hüftgold angesetzt, auch das Haar war dünner geworden, doch sonst hatte er sich kaum verändert. Eigentlich hieß er Herbert, was allerdings kaum jemand wusste. Sie hätte nicht sagen können, wie er zu seinem Spitznamen gekommen war. Vielleicht lag es daran, dass er trotz seines Aussehens ein sanfter und warmherziger Mann war.

»Mann, Karen. Das ist ja eine Überraschung. Lange nicht gesehen. Bist du auf Heimaturlaub?«

»Das bin ich. Eben erst angekommen. Ich wollte mir ein bisschen die Füße vertreten.«

Sie überblickte seine Auslage. Er verkaufte Objekte aus Treibholz. Schnitzarbeiten, Holzdekorationen, alles, was sich aus dem typischen dunklen, knorrigen und teils porösen Material anfertigen ließ. Kleine Schiffchen, Seepferdchen, Lampen und vieles mehr.

»Schöne Sachen, die du hier verkaufst«, sagte sie. »Hast du die etwa alle selbst gemacht?«

»Das meiste schon. Immer, wenn Sturmflut ist, fahren wir raus und sehen nach, was angespült wurde. Aber eigentlich haben wir einen Pferdehof bei Dithmarschen. Astrid und ich. Kannst du dich noch an Astrid erinnern? Die kleine Blonde? Wir sind verheiratet, seit fünfzehn Jahren. Das mit dem Treibholz machen wir nur so nebenbei. Damit bessern wir die Kasse auf.«

Es waren wirklich wunderschöne Objekte. Karen sah zu ihm auf. Püppi. Ausgerechnet ihn traf sie auf dem Markt. Sie konnte sich ein Lächeln nicht verkneifen. Ob er auch gerade daran dachte, wie sie vor über dreißig Jahren mal miteinander geknutscht hatten? Sie waren beide ziemlich angetrunken gewesen, und es war auch nie was aus der Sache geworden.

»Du musst uns mal auf dem Hof besuchen kommen«, sagte er. »Dann zeig ich dir die Werkstatt. Du bist doch zu Besuch? Oder hast du vor zurückzukommen?«

»Zurückkommen?«, fragte sie erschrocken und konnte sich gerade noch zurückhalten, »Um Himmels willen!« zu sagen. Doch Püppi hatte auch so verstanden. Dennoch schien er nicht gekränkt zu sein, dass sie Berlin ihrer alten Heimat vorzog.

»Ich frag ja nur. Hätte ja sein können.«

»Ich hab doch die Agentur in Berlin. Ich könnte gar nicht weg, selbst wenn ich wollte.«

»Du wärst halt nicht die Erste. Bent ist auch gerade zurückgekommen. Frankfurt, London, Zürich – das war wohl auf die Dauer nichts.« Er grinste. »Aufm Deich ist es eben doch am schönsten.«

»Bent?«, fragte Karen ungläubig. »Bent Andersen?«

»Genau der. Kennst du ihn näher? Er gehörte doch damals eher nicht zu unserer Clique, wenn ich mich richtig erinnere.«

Und ob Karen ihn kannte. Auch wenn das wahrscheinlich nicht auf Gegenseitigkeit beruhte. Bent war der große Bruder einer Schulfreundin gewesen. Damals ein unfassbar cooler Typ. Er war ein paar Jahrgänge über ihr gewesen und hatte sie als Jüngere natürlich nie beachtet. Doch Karen war damals ziemlich verknallt in ihn, eine richtige Teenager-Schwärmerei.

»Ich kannte nur seine Schwester«, wich sie aus. »Ihn eigentlich nicht. Der ist also wieder in Husum?«

»Seit ein paar Monaten. Er macht ein Restaurant auf. Er war damals Koch, wenn du dich erinnerst. Du siehst also: Früher oder später kommen sie alle wieder.«

Eine ältere Dame im Kunstpelz, die Püppis Treibholzobjekte beäugte, unterbrach die beiden.

»Die Rentiere sind aber hübsch. Sind das Tischaufsteller?«

»Ganz richtig. Ich habe auch kleinere, die sich gut auf dem Kaminsims machen. Sehen Sie hier …«

Püppi holte weitere Stücke aus der Ablage unterm Tisch hervor, um sie zu präsentieren. Karen, die einen Schritt zurück machte, war erleichtert über die Unterbrechung. Sie musste das erst mal verdauen. Bent. Die erste Liebe, und sei sie noch so unbedeutend gewesen, blieb eben ein Leben lang gegenwärtig. Doch sie wollte nicht, dass Püppi bemerkte, was in ihr vorging. Irgendwie war ihr das peinlich.

Die Dame kaufte eines seiner Strandgut-Rentiere, und Püppi wandte sich wieder Karen zu.

»Wundert mich eigentlich, dass du das mit Bent noch gar nicht gehört hast. Ich dachte, deine Mutter hätte dir das schon erzählt.«

»Meine Mutter?«, fragte sie perplex.

Die wusste doch gar nichts von Bent. Sie hatte Karens Schwarm nie kennengelernt.

»Na, wer denn sonst? Die beiden sind doch ein Herz und eine Seele.«

Ein Herz und eine Seele. Sie war so erstaunt, dass sie keine Worte fand. Püppi nahm sie doch auf den Arm!

»Bents Mutter ist im Sommer gestorben. Marit war mit ihr befreundet. Die beiden haben sich auf ihrer Beerdigung kennengelernt. Na ja … und seitdem kümmert sich Bent eben ein bisschen um sie.«

»Bent kümmert sich um meine Mutter?«

Das konnte nicht sein. Nicht Bent Andersen.

»Du bist wirklich nicht auf dem Laufenden«, lachte Püppi. »Fahr doch mal bei ihm vorbei, um Moin zu sagen. Sein Gasthof müsste eigentlich inzwischen geöffnet sein. Da kannst du einen Teller Fischsuppe essen. Bent kann dir sicher mehr dazu sagen.«

Karen war so durcheinander, dass es ihr schwerfiel, einen klaren Gedanken zu fassen. Püppi erzählte noch weitere Geschichten über gemeinsame Bekannte von früher und was aus ihnen geworden war, doch sie konnte ihm kaum folgen.

Es wurde eng vor seinem Stand, weil sich immer mehr Menschen um die Blechbläser versammelten. Die setzten gerade an, um »Macht hoch die Tür, die Tor macht weit« zu spielen.

Karen nutzte die Gelegenheit, um sich von Püppi zu verabschieden. Sie gab ihm das Versprechen, ihn wieder auf dem Markt besuchen zu kommen, dann ließ sie den duftenden, lichtergeschmückten Weihnachtsmarkt hinter sich. Es waren keine hundert Meter bis zum Hotel. Als sie das Gebäude erreichte, entschloss sie sich kurzerhand, mit dem Wagen zu Bents Gasthof zu fahren.

Sie stieg in den Fiat 500 und machte sich auf den Weg. Nur noch ein blasses Orange hinter zerklüfteten Wolken am Horizont war vom Tag geblieben. Draußen auf dem Land lagen die Wiesen bereits in Schwärze. Nur die Lichterketten in den Nadelbäumen einzelner Vorgärten erhellten die Dunkelheit.

Das Gasthaus lag ganz am Rande von Husum, nicht weit von der Küste entfernt. Ein Backsteinhaus mit

Blick auf den Grünstrand, den Deich und das Marschland. Zwar brannte Licht hinter den Sprossenfenstern, doch sah es nicht so aus, als wäre das Gasthaus geöffnet.

Vor der Tür stand der Lieferwagen eines Elektrikers. Ein schlaksiger Mann mit selbstgedrehter Zigarette im Mundwinkel sprach mit zwei Elektrikern. Alle drei zogen die Schultern ein, als eine steife Brise sie erfasste.

Der schlaksige Typ kam Karen bekannt vor, doch es dauerte einen Moment, bis sie ihn zuordnen konnte. Das musste Jens sein, der damals Bents bester Freund gewesen war.

Er hatte sich kaum verändert. Natürlich sah man ihm sein Alter an. Er hatte tiefe Furchen im Gesicht, und sein langes blondes Haar war dünn geworden. Trotzdem sah er seinem alten Ich erstaunlich ähnlich.

»Entschuldigung. Ist das Restaurant geschlossen?«, fragte sie, als die drei sie bemerkten.

»Ja, wir machen erst im Januar auf. Tut mir leid.« Jens betrachtete sie näher. Zu ihrer Überraschung schien er sie zu erkennen. »Du bist doch Karen, oder? Draußen von der Kate hinterm Deich?«

»Ja, tatsächlich.« Sie lachte. »Ich hab gehört, dass Bent hier einen Laden aufmacht. Den wollte ich mir mal ansehen. Ist Bent da?«

»Er ist doch bei deiner Mutter.« Jens sah sie irritiert an. »Weißt du das denn gar nicht? Oder ist er schon wieder weg?«

»Nein. Ach so. Stimmt, jetzt fällt es mir wieder ein.«

Karen versuchte erfolglos, ihre Überraschung zu

überspielen, worauf Jens sie wie eine Merkwürdigkeit anschaute, auf die er sich keinen Reim machen konnte.

»Dann fahre ich mal weiter zu meiner Mutter. Schöne Weihnachten wünsche ich.«

Eilig stieg sie in den Fiat und fuhr los.

Es war nicht weit bis zum Haus ihrer Mutter. Auf dem schmalen asphaltierten Weg, der hinterm Deich entlangführte, war außer ihr keine Menschenseele unterwegs. Im Scheinwerferlicht tauchten links und rechts Grasnarben, Gestrüpp und Maulwurfhügel auf. Obwohl sie seit fast dreißig Jahren in Berlin lebte, kannte sie dieses Stück Weg immer noch in- und auswendig, jedes Schlagloch, jeden Feldweg, jeden Graben.

Einem Impuls folgend, fuhr sie rechts ran. Stellte den Motor ab und löschte das Licht. Es war beinahe schon dunkel. In der Ferne war bereits die Kate ihrer Mutter zu erkennen, die sich schwach in der Dämmerung abhob. Im Garten leuchtete ein Weihnachtsbaum mit zahllosen kleinen Lichtern, als wolle er ihr den Weg nach Hause weisen.

Enno kam ihr wieder in den Sinn. So war es immer, wenn sie nach Husum fuhr. Es war jedes Mal eine Reise in die Vergangenheit. So viele Erinnerungen von früher tauchten auf. Aus ihrer Kindheit, ihrer Jugend und aus ihrer Zeit als junge Erwachsene. Jeder Stein hatte eine Geschichte, jedes Stück Straße eine Erinnerung. Alles kehrte zurück, das Gute und das Schlechte. Kein Wunder also, dass sie an Enno dachte.

Sie stieg aus dem Auto und warf die Tür hinter sich zu. Der eisige Wind, der vom Deich her blies, ließ sie frösteln. Sie trat an den Straßenrand und blickte in die Dunkelheit.

Sie war mit Enno oft hier draußen gewesen. Bei Wind und Wetter, das spielte keine Rolle. Enno hatte das Land geliebt. Nirgendwo war er glücklicher gewesen als draußen in der Natur. Auf Karen hatte das ansteckend gewirkt. Sie fühlte sich ebenfalls glücklich, wenn sie mit ihm unterwegs war.

Vorsichtig trat sie auf die Wiese, deren Boden nachgab. Es schmatzte und gluckerte. Karen störte sich nicht daran, sie ging weiter. Obwohl kaum noch etwas zu sehen war, bewegte sie sich völlig sicher über die Wiese.

An einem Abwassergraben blieb sie stehen. Hier kam sie nicht weiter. Stacheldraht versperrte den Weg. Holzpfähle, die von Flechten und Moos überzogen waren, bildeten mit dem Draht einen Weidenzaun. Es wäre sicher nicht schwer gewesen hinüberzuklettern, doch sie ließ es bleiben.

Sie erinnerte sich, wie Enno auf der anderen Seite des Grabens stand, unbefangen lachend.

»Traust du dich zu springen, Karen?«

Der Graben war tief, das Wasser dunkel und kalt. Sie hatte Angst. Niemals würde sie weit genug springen können, glaubte sie.

»Komm schon, das schaffst du. Ich fang dich auf. Trau dich!«

Er stand da mit ausgebreiteten Armen. Lachte, als könne ihn nichts beeindrucken. Als wäre es unmöglich, dass Karen zu kurz sprang. Dass er sie nicht würde auffangen können.

Traust du dich zu springen?

Sie spürte den Schmerz der Erinnerung.

»Ich wünschte, du wärst da, Enno.«

Heute würde sie springen, ganz sicher. Sie würde es sich trauen, und er würde sie auffangen.

Der Sturm war stärker geworden. Ihre Ohren begannen zu schmerzen, ihre Wangen brannten in der Kälte.

Was machte sie überhaupt hier draußen?

Das Licht aus der Kate schien ihr entgegen. Von hier aus sah es aus wie ein gemütliches Zuhause, in das man am Weihnachtsabend zurückkehren wollte. Doch sie wusste, dass es nur ein Trugbild war. Auch wenn sie sich insgeheim noch immer wünschte, hier ein solches Heim vorzufinden, wäre das doch niemals der Fall.

Mit einem Seufzer kehrte sie zurück zum Auto. Besser, sie stellte sich der Realität. Und brachte den Besuch bei ihrer Mutter so schnell wie möglich hinter sich.

Kapitel fünf

»Bist du sicher, dass du nicht noch einen Bratapfel möchtest?«

»Ich platze gleich. Die sind wirklich köstlich, versteh mich nicht falsch. Aber … nein, danke.«

»Dann habe ich den Jungen ja satt bekommen«, sagte Marit und kicherte zufrieden. »Ein Glück.«

»Das hast du wirklich. Satt und glücklich.«

Bent lehnte sich auf der Holzbank zurück und streckte die Beine aus. Die Scheiben der Sprossenfenster waren beschlagen, draußen war es inzwischen stockdunkel. Die aufgeheizte Küche duftete nach Zimt und Rosinen. Marit hatte zum Nachtisch Bratäpfel gemacht, mit Marzipan und gehackten Mandeln. Und natürlich mit ihren Äpfeln, die sie bei sich im Garten anbaute und im Keller lagerte. Bent wusste nicht, wann er zum letzten Mal so gute Bratäpfel gegessen hatte. Das musste in seiner Kindheit gewesen sein.

»Der Apfel, das war Roter Boskop, hab ich recht?«

»Fast. Es war der Purpurrote Cousinot.«

»Darauf wäre ich nicht gekommen.«

»Den hatten wir schon immer im Garten. Weil man

die Äpfel besonders gut lagern kann. Und weil sie leicht säuerlich sind, machen sie sich besonders gut als Bratapfel.«

»Kompliment, Marit.«

Auf dem Küchentisch sah es aus wie auf dem Schlachtfeld. Doch anders, als seine Mutter es für gewöhnlich getan hatte, machte Marit keinerlei Anstalten, sofort aufzuspringen und aufzuräumen, damit alles schnell wieder sauber und ordentlich war. Im Gegenteil. Sie schien es ebenfalls zu genießen, noch eine Weile am Tisch zu sitzen und sich entspannt zurückzulehnen, bevor es ans Aufräumen ging.

»Du kennst doch die kleine Wiese, hinter meinem Gasthof?«, fragte Bent. »Die gehört zum Grundstück, wusstest du das? Ich will daraus unbedingt eine kleine Streuobstwiese machen. Für den Eigenbedarf meiner Küche. Ich dachte an Pflaumen- und Birnenbäume, eine Marille, vielleicht auch ein Quittenbaum. Und natürlich Äpfel. Dort könnte ich deinen Cousinot anbauen.«

»Das wäre schön.« Marit schien sich geschmeichelt zu fühlen. Etwas betreten fügte sie hinzu: »Schon blöd, dass du dir mitten im Weihnachtsgeschäft bei mir die Zeit vertreiben musst, oder? Tut mir leid, dass du deinen Gasthof nicht rechtzeitig eröffnen konntest. Da war wirklich der Wurm drin.«

»Wir haben das Schlimmste ja hinter uns. Wenn die Elektrik verlegt ist, müssen wir nur noch verputzen. Und dann kann es losgehen.«

»Nur ist dann das Weihnachtsgeschäft vorbei. Du fängst mitten in der Saure-Gurken-Zeit an.«

Bent ließ den Blick über den Küchentisch schweifen, über die leeren Teller und Schüsseln, die Brotkrümel und die Flecken auf der Tischdecke. Der Wind ächzte im Dachstuhl und drückte gegen die beschlagenen Scheiben. Dieser Ort strahlte so viel Gemütlichkeit und Geborgenheit aus.

»Ich liebe diese Jahreszeit. Die dunklen Tage vor Weihnachten. Das Essen, die Entschleunigung, das Zusammenkommen in der warmen Küche, während draußen der Sturm tobt. Die besonderen Speisen, die Gerüche, das Licht in der Dunkelheit. Verstehst du, was ich meine, Marit?«

»Ja. Ich liebe das auch.«

Das war etwas gewesen, das er verlernt hatte in seinem Leben: innezuhalten und zu genießen. Sich treiben zu lassen. Offen zu sein für den Rhythmus der Natur und für Begegnungen mit Menschen. Er hatte so viel gearbeitet in den letzten Jahren, dass er dafür jeden Sinn verloren hatte. Und als er dann aus Frankfurt hergezogen war, um den Gasthof zu eröffnen, war übergangslos alles so weitergegangen wie bisher: mit wenig Schlaf und Arbeit rund um die Uhr. Doch dadurch, dass die Eröffnung geplatzt war, war er plötzlich auf sich zurückgeworfen worden. War gezwungen worden, es ruhiger angehen zu lassen. Was nicht zu seinem Nachteil war.

»Entschleunigung«, sagte Marit. »Das ist nicht gerade das, was die meisten Menschen in der Vorweihnachtszeit erleben.«

»Nein«, lachte Bent. »Eher im Gegenteil. Wie sagte Karl Valentin noch? ›Wenn die stille Zeit vorbei ist, dann wird es auch wieder ruhiger.‹ Wenn ich rechtzeitig eröffnet hätte, könnte ich heute nicht hier sitzen. Vielleicht ist es genau das, was ich gebraucht habe. Mal runterzukommen.«

»Trotzdem. Das ist doch auch eine wirtschaftliche Frage.«

»Ich habe mehr Geld in meinem Leben verdient, als ich brauche. Glaub mir, Marit. Ich werde es überstehen, dass die Eröffnung geplatzt ist.«

»Wenn das so ist … Was hältst du davon, wenn ich uns noch einen Kaffee koche? So viel Zeit ist noch, oder? Und danach muss ich mich langsam ans Aufräumen machen.«

In diesem Moment huschte das Licht eines Scheinwerfers durch die Küche. Draußen war ein Auto. Da der schmale Weg zu Marits Kate hinauf eine Sackgasse war, musste der Fahrer zu ihr wollen.

Marit stand verwundert auf und trat ans Fenster.

»Wer kann das denn jetzt sein? Ich erwarte doch niemanden.«

Bent, ebenfalls neugierig geworden, wischte mit der Hand über eine beschlagene Scheibe. Draußen vor der Kate sah er einen beigefarbenen Fiat 500 halten. Eine schlanke Frau in einem modischen Wollmantel stieg aus. Sie warf mit einer eleganten Bewegung die Tür zu und spazierte zum Eingang der Kate.

»Das ist Karen!«

Augenblicklich wirkte Marit wie ausgewechselt. Bekümmert überblickte sie die Küche, als bereute sie, nicht sofort nach dem Essen aufgeräumt zu haben. Sie stand unschlüssig da, wirkte überfordert, besorgt.

Dann eilte sie hinaus zur Tür. Sie entschuldigte sich nicht einmal bei Bent, als hätte sie ihn vergessen. Er konnte sich über diese Verwandlung nur wundern.

Nebenan hörte er sie die Haustür öffnen. Ein kalter Luftzug erfasste seine Füße. Marits Stimme war höher als sonst und auch ein bisschen gekünstelt.

»Karen, das ist ja eine Überraschung! Ich habe noch gar nicht mit dir gerechnet.«

»Ich bin auf der Autobahn gut durchgekommen. Ich war schon um kurz nach zwei in Husum.«

»Aber warum hast du denn nicht angerufen? Ich hab gar nichts vorbereitet. Ich wusste ja nicht, dass du jetzt schon kommst.«

»Das macht doch nichts. Ich wollte nur kurz hallo sagen. Ist das in Ordnung? Ich bleibe nicht lange.«

»Ja, natürlich. Komm doch rein.«

Während ihre Tochter den Mantel ablegte, sagte Marit: »Draußen ist ja furchtbares Wetter. Und du bist wirklich gut durchgekommen? Es soll ja so viele Staus geben auf der Strecke. Besonders bei Hamburg.«

»Es ging …«, erwiderte Karen etwas lahm.

»Du musst ganz ausgehungert sein. Ich kann dir einen Teller süß-saure Suppe warm machen, die hab ich noch da. Die magst du doch, nicht wahr? Oder ich schmiere dir ein Käsebrot. Ach, ich wünschte, du hättest vorher angerufen. Dann hätte ich dir was Richtiges zu essen gemacht.«

»Mutter. Lass mich doch erst mal ankommen. Außerdem habe ich gar keinen Hunger.«

Auf Socken trat sie in die dunstschwangere, überheizte Küche. Bent stand auf, um sie zu begrüßen.

Karen blieb stehen und sah ihn überrascht an.

»Ich habe Besuch«, erklärte ihre Mutter, die hinter ihrer Tochter in die Küche kam. »Das ist Bent Andersen. Der Sohn von Brigitte Andersen. Du kennst Brigitte doch noch?«

Das Erste, was Bent auffiel, waren ihre Augen. Sie hatte große nussbraune Augen, die von innen zu leuchten schienen. Ihre Gesichtszüge waren fein, die Lachfältchen deuteten auf Humor und Intelligenz hin. Doch waren es vor allem ihre Augen, die ihm auffielen.

Bent gab ihr etwas verlegen die Hand.

»Freut mich sehr«, sagte er. »Du musst Karen sein.«

Zu seiner Überraschung lachte sie. Ihre Augen leuchteten nun ironisch. Die leicht genervte Haltung war offenbar ausschließlich für ihre Mutter reserviert.

»Ich weiß, wer du bist«, sagte sie. »Du hast dich gar nicht sehr verändert. Bist älter geworden, wie wir alle. Aber man erkennt dich auf den ersten Blick.«

Bent musste ziemlich verwirrt aussehen, denn Karen wirkte zunehmend amüsiert. »Du erinnerst dich nicht mehr an mich, oder? Ich war mit deiner Schwester in einer Klasse. Mit Ada. Auf der Realschule in Husum. Damals war ich oft bei euch zu Besuch.«

»Mit Ada? Wirklich?«

Da fiel es ihm wieder ein. Die nussbraunen Augen. Ada hatte eine Freundin gehabt. Ein hübsches Mädchen, aber damals noch ein Kind und somit völlig uninteressant.

»Tut mir leid, ich hätte dich erkennen müssen.«

»Ach was. Ich weiß ja, wie das ist. Mit den Jüngeren will man nichts zu tun haben.« Sie lachte. »Du hattest für dein Mofa jedenfalls mehr Augen als für die Freundinnen deiner kleinen Schwester. Kann ich aber verstehen. Wie geht es Ada?«

»Gut, danke. Sie ist Lehrerin geworden und lebt mit ihrem Mann in München. Hat zwei Kinder. Zwei Jungs. Wie du siehst, hat es uns weit verstreut.«

Marit deckte eilig für Karen den Tisch ein und legte ihr ein Kissen auf den Stuhl.

»Setz dich doch, Karen. Soll ich dir vielleicht eine Tasse Kaffee einschenken? Wir haben gerade gegessen. Aber ich koche dir auch einen Tee, wenn du möchtest. Ich weiß ja, wie gern du Tee trinkst.«

Karen, die mit dem Rücken zu ihrer Mutter stand, rollte unbewusst mit den Augen.

»Nein, Kaffee passt schon. Bitte schwarz.«

Marit eilte zur Anrichte und hantierte mit der Kaffeekanne herum. Bent erkannte sie kaum wieder. Gerade hatte sie noch entspannt am Tisch gesessen und mit ihm gelacht. Und jetzt sprang sie hier herum wie ein aufgezogener Blechsoldat.

»Bent ist nach Husum zurückgekommen«, erzählte Marit, während sie Karen Kaffee eingoss. »Stell dir vor, er hat hier ein Haus gekauft, am Rand von Husum. Einen alten Gasthof. Er wollte wieder zurück in die Heimat, nach all den Jahren, die er fort war.«

»Das wird mir sicher nicht passieren«, kommentierte Karen trocken. »Versteh mich nicht falsch, Bent. Nicht, dass es hier nicht schön ist. Aber ich fühle mich in Berlin pudelwohl.«

»Jeder muss da leben, wo er sich am wohlsten fühlt.«

»Ganz richtig. Aber wie geht das mit dem Job? Warst du nicht … ich weiß nicht, Banker oder so? In Frankfurt, richtig?«

»Unternehmensberater. In Frankfurt und Zürich. Ich habe auch eine Zeit in London gelebt. Und in Paris.«

»Und dann willst du zurück nach Husum? In dieses Kaff?«

»Ja«, lachte er. »Und es war genau die richtige Entscheidung.«

»Wir sind immerhin Storm-Stadt«, protestierte Marit. »Hier gibt es ein großes kulturelles Angebot. Nicht nur wegen der Touristen. Es ist immer was los. Und die Nordsee und das Wattenmeer, die haben sogar Weltrang.«

Karen rollte wieder mit den Augen. Sie schien es selbst gar nicht zu bemerken, Marit hingegen schon. Und sie wirkte etwas gekränkt.

»Er macht in dem Gasthof ein Restaurant auf. Hier in Husum, Karen. Stell dir vor. Er hat früher Koch gelernt, und jetzt geht er in seinen alten Beruf zurück. Ist das nicht schön?«

Karen wandte sich Bent zu. Wieder fielen ihm ihre großen haselnussbraunen Augen auf. »Und ihr kennt euch, weil unsere Mütter miteinander befreundet waren?«, fragte sie mit leichtem Stirnrunzeln. »Brigitte war deine Kegelschwester, Mutter, nicht wahr?«

Er begriff, wie seltsam es auf Karen wirkte, ihn bei ihrer Mutter in der Küche vorzufinden. Die Beziehung zwischen Karen und Marit war offensichtlich kompliziert. Denn so gewinnend und sympathisch sie auch auf ihn wirkte, gegenüber ihrer Mutter gab sie sich distanziert. Sicher fiel es ihr schwer zu verstehen, wie jemand wie Bent mit ihr befreundet sein mochte.

»Genau so ist es«, sagte er. »Wir haben uns kennengelernt, als ich nach Husum zurückgekommen bin. Eigentlich schon früher, auf der Beerdigung meiner Mutter. Marit weiß unfassbar viel über die nordfriesische Küche. Sie zeigt mir alte Rezepte, und wir tauschen uns über alte Kochtraditionen aus.«

»Ja, übers Kochen weiß sie eine Menge«, stimmte Karen zu und sagte wie zu sich selbst: »Wenn man sich dafür interessiert.«

»Ich kann wirklich viel von ihr lernen. Ich möchte in meinem Restaurant den Schwerpunkt auf die nordfriesische Küche setzen. Auf althergebrachte und saisonale Gerichte.«

Bei diesen Worten hatte er fast das Gefühl, die Freundschaft zu Marit zu verraten. Schließlich verband sie mehr als das Kochen. Marit war ihm eine Freundin. Sie hatte eine Art Mütterlichkeit, die seine eigene Mutter niemals gezeigt hatte. Und sie war ein heiterer, liebevoller Mensch, mit dem er gern Zeit verbrachte.

Zumindest war sie das, solange sich ihre Tochter nicht im Raum befand.

»Soll ich dir nicht doch einen Teller Suppe warm machen?«, fragte Marit. »Oder ich mach dir schnell Pannfisch mit Bratkartoffeln. Das geht doch ratzfatz.«

»Bitte keine Umstände, Mutter. Kaffee reicht völlig. Ich esse später was.«

»Aber hast du denn überhaupt was gegessen seit heute Morgen? Du musst doch völlig ausgehungert sein nach der langen ...«

»Danke, Mutter. Ich habe keinen Hunger.«

Die Schärfe in ihrer Stimme brachte Marit zum Schweigen. Leichtes Unbehagen breitete sich in der Küche aus. Bent sah den Augenblick gekommen, sich zu verabschieden. Schließlich war das hier ein Familientreffen. Da hatte er nichts verloren.

»Ich werde mich mal auf den Weg zum Gasthof machen. Die Elektriker müssten inzwischen fertig sein. Jens wartet bestimmt auf mich.«

Er stand auf und bedankte sich bei Marit für das köstliche Essen. Das Angebot, ihr beim Aufräumen zu helfen, wies sie entschieden ab. Stattdessen hakte sie sich bei ihm unter, um ihn zur Tür zu bringen.

»Ich fahre dann auch mal los«, meinte Karen und stand auf.

Marit versteifte sich. »Aber du bist doch gerade erst gekommen.«

»Ich wollte auch nur kurz hallo sagen.«

»Aber ...«

»Wir sind doch morgen Nachmittag verabredet, Mutter. Ich muss erst mal ankommen. Mich für ein Stündchen hinlegen. Und ich habe meinen Laptop mitgenommen. Ich will noch ein bisschen arbeiten.«

»Aber deinen Kaffee trinkst du doch noch aus?«

Karen zögerte, dann setzte sie sich wieder.

»Ja, natürlich. Lange bleibe ich aber nicht mehr.«

Sie schenkte Bent ein entschuldigendes Lächeln. Sorry, dass du hier zwischen die Fronten geraten bist, schien sie sagen zu wollen.

»War schön, dich mal wieder getroffen zu haben, Bent.«

»Fand ich auch, Karen. Vielleicht sehen wir uns in den nächsten Tagen mal wieder.«

»Bent könnte dir seinen Gasthof zeigen«, schlug Marit vor. »Das würde dich bestimmt interessieren. Der ist wunderschön geworden. So was gibt es in Berlin bestimmt nicht.«

»Fühl dich zu nichts verpflichtet«, lachte Bent. »Du hast bestimmt keine Zeit für so was. Und so spannend ist das auch nicht, glaub mir.«

Doch zu seiner Überraschung sagte sie: »Nein, im Gegenteil. Ich würde mir gern deinen Gasthof ansehen. Aber nur, wenn du es einrichten kannst.«

»Ob ich es einrichten kann?« Er lachte wieder. »Ich habe im Moment so viel Freizeit wie nie zuvor in meinem Leben. Komm erst mal in Ruhe an, bezieh dein Hotelzimmer. Dann können wir telefonieren. Marit hat meine Nummer.«

Draußen vor der Kate empfing ihn ein eisiger Wind. Ein seltsames Zusammentreffen, dachte Bent. Marit war wie verwandelt gewesen, und auch Karen, die eigentlich klug und humorvoll wirkte, reagierte angestrengt im Kontakt mit ihrer Mutter. Er knöpfte seine Winterjacke bis unters Kinn zu und schlug den Kragen hoch.

Er würde zu Fuß nach Hause laufen. Eine halbe Stunde am Deich entlang. Das würde ihm nach dem üppigen Essen guttun. Auf dem Kopfsteinpflaster vor Marits Häuschen stand der Fiat 500. Er warf einen Blick durch das teils beschlagene Sprossenfenster in die Küche. Karen und Marit saßen am Tisch, und auch wenn er kein Wort von dem verstand, was sie redeten, sprach die Körperhaltung der beiden für sich.

Wer wusste schon, was in anderen Familien passiert war. Er würde sicher nicht darüber urteilen. Die Beziehung zwischen ihm und seiner Mutter war auch nicht immer leicht gewesen.

Familie eben. Man hatte keine andere Wahl, als das Beste daraus zu machen. Einigen gelang es besser, und anderen, so wie auch ihm, gelang es weniger gut.

Kapitel sechs

Nach einer heißen Dusche in ihrem Hotelzimmer fühlte Karen sich wie ausgewechselt. Die Fahrt war anstrengend gewesen, auch wenn sie kürzer als befürchtet gewesen war. Und der Blitzbesuch bei ihrer Mutter hatte auch nicht gerade zu ihrer Entspannung beigetragen. Umso mehr genoss sie nun die Annehmlichkeiten des Hotels.

Sie schlang ein großes, weiches Handtuch um ihren Oberkörper und trat aus dem Bad. Der Teppich schmiegte sich an ihre nackten Füße. Aus dem bodentiefen Hotelfenster blickte sie hinaus in die Dunkelheit. Draußen funkelte die Weihnachtsbeleuchtung des Hafens. Dahinter lagen im schwachen Licht die Hauptstraße und die parallel laufende Bahnlinie. Selbst die Speichergebäude im Außenhafen waren zu erkennen. Nur die Nordsee, die bei Tageslicht von hier zu sehen wäre, lag in tiefer Schwärze.

Das Zusammentreffen in der Kate war seltsam gewesen. Was Bent wohl über sie dachte? Marit hatte schließlich nur versucht, nett zu ihr zu sein. So wie immer. Natürlich konnte kein Außenstehender begreifen, weshalb genau das Karen so auf die Nerven ging. Sie wirkte sicher herzlos.

Karen ahnte natürlich, warum ihre Mutter sich so benahm. Sie wollte damit etwas nachholen. Wollte auf ihre Art wiedergutmachen, was damals zwischen ihnen passiert war. Damals, als ihre Familie auseinandergefallen war.

Karen betrachtete ihr Spiegelbild in der Scheibe. Es war, als würde Enno hinter ihr auftauchen. »Komm schon, das ficht dich nicht an. Du bist stärker als das.«

Sie lächelte ihn an. Du hast gut reden, dachte sie.

Ihr Handy machte sich auf dem Nachttisch bemerkbar. Sie wandte sich vom Fenster ab. Eine Nachricht war eingegangen. Sie nahm das Gerät auf, setzte sich aufs Bett und öffnete sie. Es war ein Foto von Gaby. Ein Selfie mit ihrem Tom, offenbar auf dem Weihnachtsmarkt. Beide trugen alberne Rentierhörner und prosteten mit Glühweinbechern in die Kamera. *Wir wünschen ein frohes Fest*, stand unter dem Bild. An Gabys roten Wangen erkannte Karen, dass ihre Freundin schon reichlich angeheitert war.

Nun bekam sie also Tom einmal zu Gesicht. Er sah gut aus, fand sie. Er hatte eine Glatze, was bedauerlich war, denn mit Haaren wäre er ein richtiger Hingucker. Aber so war das eben mit dem Alter. Sie wurden alle nicht schöner.

Euch auch alles Liebe, schrieb sie zurück, setzte drei Herzchen hinzu und ging auf *Senden*. Sie wollte ihr Handy gerade zur Seite legen, da piepte es erneut. In dem Glauben, Gaby habe ihr zurückgeschrieben, öffnete sie freudig die Nachricht.

Doch es war Sanna. Sie besaß Karens Handynummer für Notfälle, und offenbar war so ein Notfall eingetreten.

Karen, liest du deine Mails nicht? Bitte antworte mir.

Karen bekam augenblicklich schlechte Laune. Schließlich waren Weihnachtsferien. Wenigstens für ein paar Tage im Jahr könnte Sanna respektieren, dass Karen ein Privatleben hatte.

Was ist denn los?, schrieb sie. *Bin in Husum.*

Lies einfach deine Mails. Tu mir den Gefallen.

Sie stieß einen Seufzer aus, warf das Handy aufs Bett und zog ihren Laptop aus dem Koffer hervor, von dem sie selbst nicht genau wusste, warum sie ihn mitgenommen hatte. Sie wollte sich doch erholen, weniger arbeiten, eine Pause machen. Wenigstens über die Weihnachtstage nicht ansprechbar sein. Doch dann hatte sie sich gedacht: Bevor sie sich mit ihrer Mutter stritt, konnte sie in Husum genauso gut ein bisschen arbeiten.

Sie verband ihren Laptop mit dem Hotelnetz und rief ihre Mails ab. Sanna hatte ihr eine Textdatei geschickt. Die ersten Kapitel ihres neuen Romans. Sie schrieb dazu, dass Karen den Text bitte lesen solle. Die Hauptfigur sei irgendwie noch nicht ausgereift, und sie glaube, dass ihre Einführung in die Geschichte nicht gelungen sei. Und da sie über die Feiertage unbedingt die ersten Kapitel schreiben wolle, müsse sie dringend mit Karen darüber sprechen. Am besten heute noch.

Karen hatte nicht übel Lust zurückzuschreiben, dass sie sich den Text gern nach Silvester ansehen werde. Schließlich waren Ferien. Doch dann siegte die Neugier, und sie öffnete die Datei, um kurz einen Blick darauf zu werfen. Es waren nur dreißig Seiten. Eigentlich eine Kleinigkeit. Und sie hatte heute Abend ohnehin nichts vor.

Sie begann zu lesen und verstand schnell, warum Sanna feststeckte. Das Verhalten ihres Protagonisten war widersprüchlich. Einerseits suchte er Nähe zu einer Frau, andererseits ließ er sie nicht zu. Doch Sanna versäumte es, genau diesen Widerspruch in ihrer Geschichte zu hinterfragen.

Wie so oft, wenn Karen den Fehler machte, zwei oder drei Seiten zu lesen, konnte sie den Text nicht mehr zur Seite legen. So las sie auch dieses Mal weiter. Allerdings bemerkte sie bald, wie hungrig sie war. Vielleicht hätte sie das Angebot der süßsauren Suppe von ihrer Mutter doch annehmen sollen. Zum Glück war unten im Hotel ein Restaurant. Wenn sie das Manuskript beendet hatte, würde sie hinuntergehen, nahm sie sich vor.

Das Handy klingelte. War das etwa Sanna? Wie sollte Karen innerhalb von drei Minuten den ganzen Text lesen? Sie nahm das Gerät und sah aufs Display. *Nummer unbekannt*. Zögernd ging sie ran.

»Nicht erschrecken«, warnte eine vertraute Stimme. »Hier spricht Bent. Du weißt schon, der Kumpel deiner Mutter.«

Sannas Text war augenblicklich vergessen. Sie lachte. »Ich erschrecke nicht. Im Gegenteil, ich freu mich, dass du anrufst. Wolltest du mir nicht dein Restaurant zeigen? Wenn ich mir das nicht ansehe, bevor ich nach Berlin fahre, kriege ich Ärger mit meiner Mutter.«

»Ich hoffe doch, dass da mehr Interesse ist, als nur Ärger aus dem Weg zu gehen. Hast du schon was gegessen?«

»Nein, ehrlich gesagt nicht. Ich überlege gerade, runter ins Hotelrestaurant zu gehen.«

»Wie wäre es stattdessen mit meinem Restaurant? Ich könnte dich abholen. Du musst wissen, dass hier seit ein paar Stunden der Herd angeschlossen ist. Ich kann's gar nicht abwarten, ihn auszuprobieren.«

»Du willst für mich deine Küche entjungfern?«

»Früher oder später muss ich das ohnehin. Was hältst du davon? Hast du Lust, heute mit mir zu essen? Du wärst der erste Gast in meinem Restaurant.«

Karen fühlte sich geschmeichelt. »Das hört sich toll an. Ich weiß gar nicht, wann das letzte Mal ein Mann für mich gekocht hat.«

»Nun ja … Ich dachte eigentlich, wir kochen zusammen. Du könntest mir beim Schnippeln helfen. Ansonsten kann ich dich erst in einer Stunde abholen.«

Gemeinsam in der Küche sitzen und plaudern und kochen. Die Vorstellung gefiel ihr. Eigentlich war es das Beste, was sie an einem Abend wie diesem anstellen konnte.

»Du meinst, ich soll für dich die Krabben pulen?«

»Keine Sorge. Die Krabben sind schon gepult.«

»Schade. Eigentlich hätte ich sogar Lust dazu gehabt. Das hab ich Ewigkeiten nicht gemacht.«

»Es muss ja nicht das letzte Mal gewesen sein, dass

wir zusammen kochen. Beim nächsten Mal bekommst du einen Eimer ungepulter Krabben auf den Schoß, versprochen.«

»Auf das Angebot komme ich zurück.«

»Dann bin ich in einer halben Stunde in deinem Hotel? Ist das in Ordnung?«

»Perfekt. Ich freu mich sehr.«

Karen beendete das Gespräch und warf das Handy aufs Bett. Eilig lief sie zu ihrem Koffer und überlegte, was sie anziehen konnte. Da fiel ihr Sanna wieder ein. Sie zögerte. Jetzt würde sie es kaum noch schaffen, den Text gründlich zu lesen und über den Protagonisten zu diskutieren. Sie entschied, Sanna kurz zu schreiben. *Bin heute verabredet, melde mich morgen. Gruß, Karen.* Das musste fürs Erste reichen.

Sie war gerade fertig, da bekam sie einen Anruf von der Rezeption. Bent wartete in der Hotellobby auf sie. So gutgelaunt, dass es sie selbst fast wunderte, nahm sie ihren Mantel und ging nach unten.

Bent saß in einem Sessel am Eingang. Als er sie sah, erschien ein warmherziges Lächeln auf seinem Gesicht. Er hatte sich sehr verändert seit damals, trotzdem hatte Karen ihn bei Marit in der Küche sofort wiedererkannt. Das breite Kreuz, die markanten Züge und dichten Augenbrauen hatte er schon als Jugendlicher gehabt. Doch was ihm damals etwas Rebellisches verliehen hatte, wirkte heute beinahe nobel. Schon merkwürdig. Vielleicht hatte es etwas mit der Gelassenheit und Zufriedenheit zu tun, die er ausstrahlte. Er schien mit sich im Reinen zu sein, was ihn einfach attraktiv wirken ließ.

»Schick hast du es hier«, begrüßte er sie. »Bestimmt wohnt es sich hier komfortabler als in Marits Kate.«

»Vor allem habe ich meine Ruhe. Gehen wir zu Fuß?«

»Ich bin mit dem Auto da. Das ist vielleicht besser bei dem Wetter. Ich parke gleich vorm Eingang.«

Bis zu seinem Gasthof waren es nur ein paar Minuten. Er war nicht weit von dem mit Gras bewachsenen Strand entfernt, wo Karen als Kind den Großteil der Sommerferien verbracht hatte. Mit Pommes und Eis, mit Schlick an den Füßen, Sonnenbrand auf der Nase und immer umringt von einer lauten Bande Mädchen.

»Hier ist es«, sagte er, als er den Wagen abstellte.

»Als Kind war ich ziemlich oft hier. Ich habe den Strand geliebt.«

Sie stieg aus und sah zum Meer. In das Heulen des Sturms mischte sich das Rauschen der Nordsee. Die Flut spülte gegen den Strand. Die Luft war von einem salzigen Aroma erfüllt. Doch der Wind war eiskalt, und Karen zog den Mantel enger um ihren Oberkörper.

»Es ist da vorn«, sagte Bent. »Komm, hier entlang.«

In der Dunkelheit tauchte das alte Backsteinhaus mit Reetdach und Sprossenfenstern auf.

»Das Dach musste erneuert werden«, sagte Bent. »Und die Auffahrt. Ansonsten war die Substanz ziemlich gut erhalten. Komm, ich zeig es dir von innen.«

Er trat an eine weiß gestrichene Holztür und schloss mit einem riesigen Messingschlüssel auf.

Karen musste sich ducken, um sich den Kopf nicht am steinernen Rundbogen zu stoßen.

»Warte, ich mache Licht«, sagte Bent, der voranging.

Sie trat vorsichtig hinein. Es roch nach Holzpolitur und Tannengrün und ganz leicht nach jahrzehntealtem Zigarrenrauch. Hinter ihr heulte der Wind in der Eingangstür.

Dann wurde der Raum in weiches Licht getaucht. Es stammte von der Beleuchtung eines Weihnachtsbaums, eines riesigen Ungetüms, das mitten in dem kleinen Gastraum prangte. Wahrlich ein Prachtexemplar, überbordend geschmückt und voller kleiner, funkelnder Lichter. Wie aus einem kitschigen amerikanischen Weihnachtsfilm. Karen wusste zwar nicht, womit sie in dem Gasthaus gerechnet hatte, doch sicher nicht mit so einem Baum.

»Du lieber Gott«, entfuhr es ihr. »Wo kommt der denn her?«

»Tja. Den habe ich vergessen abzubestellen. Und wo er nun mal geliefert worden ist …«

»Das heißt, du hast dieses Ding tatsächlich bestellt?«

»Es war eben geplant, pünktlich zum Weihnachtsgeschäft zu eröffnen. Mit dem Baum wollte ich alles in den Schatten stellen. Bei mir sollte der schönste Baum stehen. Bei dem ganzen Ärger mit dem Umbau und den Handwerkern, den ich hatte, habe ich ihn völlig vergessen. Erst als er geliefert wurde, ist es mir wieder eingefallen.«

»Mit dem Baum stellst du definitiv alles in den Schatten.«

»Nicht schlecht, oder?«, sagte er mit breitem Grinsen. »Und? Wie gefällt dir mein Gasthof?«

Erst jetzt sah Karen sich in dem Raum um. Im Glanz der Baumbeleuchtung lag ein traditioneller Schankraum mit Holzvertäfelungen und fein gedrechselten Stühlen, mit einem wuchtigen Tresen, der voller Schnitzereien und Verzierungen war und den Raum dominierte, mit schweren Eichentischen und uralten Deckenbalken über den getünchten Wänden. Es war wie eine Zeitreise.

»Zapfanlage, Kühlschränke, alles nagelneu«, sagte Bent. »Nur die Möbel, die habe ich aufarbeiten lassen.«

Neben dem Baum war in einer gemütlichen Ecke ein Tisch festlich eingedeckt. Zwei Gedecke, Kerzenständer, kunstvoll gefaltete Servietten. Karen war beeindruckt. So eine Essenseinladung hatte sie schon lange nicht mehr gehabt.

»Ich habe vieles von den Vorbesitzern übernommen«, sagte Bent. »Das Gasthaus lag seit Jahrzehnten in einem Dornröschenschlaf. Man musste alles nur auf Vordermann bringen.«

»Es ist wunderschön, Bent. Wirklich unfassbar schön. Wie in einem Märchen.«

Karen bestaunte noch den kleinen Gastraum, da winkte er sie bereits zu einer Holztür mit eingelassenen Glasscheiben, die zu einem Nebenraum führte.

»Komm mit, ich zeig dir die Küche. Für mich natürlich das Herz des Gasthofs.«

Karen konnte sich kaum lösen von dem Gastraum, der still im Licht des Weihnachtsbaums lag und in dem nichts zu hören war als das Stöhnen des Windes, der um das Haus blies. Es war alles unfassbar kitschig und gleichzeitig atemberaubend schön.

»Wo bleibst du?«, rief Bent von nebenan.

Sie folgte ihm in die Küche. Er hatte eine Lampe ins Fenster gestellt, die sanftes Licht spendete. Die Küche war klein, beinahe eng. Das Mauerwerk der Wände war alt, ebenso das aufgearbeitete Sprossenfenster. Doch die Küchenmöbel wirkten neu und modern.

»Viel mehr Tische darf der Gasthof nicht haben bei so einer kleinen Küche«, sagte Bent. »Man muss sich schon sehr gut organisieren. Aber da mach ich mir keine Sorgen. Nur im Sommer, wenn die Touristen da sind, könnte es eng werden. Warten wir es ab.«

Auf dem Herd stand bereits ein großer Stahltopf. Ein feines Aroma von Fisch und Wintergemüse lag in der Luft.

»Hast du schon gekocht?« Sie runzelte die Stirn. »Ich dachte, ich sei hier zum Helfen abkommandiert.«

»Keine Sorge. Ein paar Sachen gibt es noch zu tun. Das Nötigste habe ich aber schon vorbereitet.«

»Was gibt es denn?«, fragte sie und schielte zum Topf.

Er grinste breit. »Lass dich überraschen.«

Er stellte Messer und Schneidebretter bereit und öffnete den Kühlschrank. »Du könntest schon mal die Birnen schälen und entkernen. Dann mach ich mich an den Fisch.«

»Die Rolle als Küchenchef beherrschst du schon

ganz gut«, kommentierte sie ironisch. »Birnen … Jetzt bin ich aber gespannt.«

Er zwinkerte, dann klatschte er in die Hände.

»Was meinst du: Geht's los?«

»Meinetwegen gern.«

Kapitel sieben

»Mache ich das richtig?«, fragte sie.

Vor sich auf dem Arbeitsbrett hatte sie Möhren liebevoll in kleine Stifte geschnitten.

»Perfekt. Wenn du willst, kannst du hier im Januar als Küchenhilfe anfangen. Ich suche noch jemanden, auch zum Spülen.«

»Zum Spülen? Da komme ich glatt in Versuchung, die Agentur an den Nagel zu hängen.«

Lachend widmete er sich seiner Arbeit. Karen war erstaunt, wie locker und entspannt sie miteinander umgehen konnten. Normalerweise brauchte sie eine Weile, bevor sie mit Leuten warm wurde. Doch bei Bent ging alles ganz problemlos. Vielleicht lag es daran, dass er ebenfalls Husumer war. Oder dass sie als Mädchen einmal in ihn verschossen gewesen war.

Sie deutete auf den Fisch, der neben dem Gemüse lag. An den Tüten erkannte sie, dass Bent ihn im Außenhafen gekauft hatte. Wenn sich seit damals nichts geändert hatte, landeten die Fischer vormittags mit dem Tagesfang an Bord an. In jedem Fall käme der Fisch frisch aus der Nordsee.

»Soll ich das Schollenfilet säubern und schneiden?«, fragte sie. Als er zögerte, fügte sie hinzu: »Ich habe nicht verlernt, wie man eine Scholle anfasst. Keine Angst.«

»Natürlich nicht. Ich vergesse, wo du herkommst.«

Auf dem Herd köchelte der Fischfond, und aus einem Behälter, den Bent aus dem Kühlschrank geholt hatte, breitete sich der Duft frisch gezupfter Kräuter, von Salbei und Rosmarin, aus und mischte sich mit dem Geruch der Krabben, Muscheln und des winterlichen Lorbeers, der vom Herd herüberzog.

»Verrätst du mir jetzt, was es Schönes gibt?«, fragte sie. »Außer der Fischsuppe, meine ich.«

Er zwinkerte ihr zu. »Fischsuppe, dachte ich, das muss einfach sein, wenn man Besuch aus dem Binnenland hat.«

»Und was ist da in dem Behälter?«

»Ich habe mir überlegt, dass ich uns Deichlamm mache. In einer Honig-Balsamico-Sauce. Ich habe natürlich Marit gefragt, ob du Lamm überhaupt isst. Da wollte ich auf Nummer sicher gehen. Aber diese Salzwiesenlämmer, die sie in Nordstrand züchten, sind geschmacklich wirklich ein Erlebnis, das man probiert haben sollte. Deshalb also Lamm. Und dazu gibt es eingelegte Birnen und Grünkohl.«

»Grünkohl?«, fragte sie erschrocken. Hatte Marit ihm nicht gesagt, dass sie Grünkohl verabscheute?

Anscheinend doch, wenn sie sein verschmitztes Lächeln richtig deutete. »Lass dich überraschen«, sagte er lediglich.

Während er in einem Topf für die Birnen Weißweinessig mit Pfeffer und Zucker verrührte, trat sie ans Fenster. Draußen herrschte völlige Dunkelheit. Nur das schummrige Licht der Außenlampe brannte. Im schwachen Schein peitschten lautlos kahle Äste im Wind hin und her. Eine Böe stöhnte leise in den Fugen, und Karen glaubte fern die Brandung des Meeres zu hören, aber das war vielleicht Einbildung. Wenn sie hinaus in die Nacht blickte, in diese absolute Dunkelheit, dann war es, als wären sie allein auf der Welt. Als gäbe es nur dieses kleine Gasthaus am Strand. Den einzigen Ort, der in dieser Nacht eine Rolle spielte.

»Ist das nicht komisch für dich, wieder hier in Husum zu leben?«, fragte sie. »Nach so langer Zeit?«

»Das habe ich mich am Anfang auch gefragt. Aber – nein, ist es nicht. Im Gegenteil. Alle Freunde von früher sind noch da. Als ich wiedergekommen bin, haben sie sofort ganz selbstverständlich geholfen. Bei allem Möglichen. Und sie haben mit mir gefeiert, mich zu ihren Festen eingeladen. Es war, als wäre ich nie weg gewesen.«

»Ja. So sind die Menschen hier.«

»Das hat sich wirklich gut angefühlt«, sagte Bent nachdenklich. »Solche Freunde habe ich in Frankfurt oder Zürich nicht gefunden. Zu denen man nach dreißig Jahren zurückkommen könnte, und dann ist es, als wäre man nie fort gewesen.«

»Ich weiß schon, was du meinst. Trotzdem könnte ich mir das nicht vorstellen. Für mich wäre es ein Alptraum, hierher zurückzukommen.«

»Ein Alptraum?« Er deutete mit dem Finger in die Luft. »Hör doch mal.«

»Ich weiß nicht, was …«

»Sei still. Hör hin.«

Sie lauschte. Doch da war nur der Wind, der in den Fugen heulte. Dann wieder Stille. Totale Einsamkeit.

»Was würdest du jetzt in deiner Küche in Berlin hören?«

»Die U-Bahn«, stöhnte sie. »Außerdem die Nachbarn von oben. Ich hab immer das Gefühl, die spielen Rugby im Flur. Und den Verkehr draußen, dieses ständige Rauschen. Wahrscheinlich würde ich auch ein paar Betrunkene hören, die sich auf der Straße anpöbeln.«

Sie hielt inne, als sie begriff, was er damit sagen wollte. Sie musste über sich selbst lachen. »Okay. Der Punkt geht an dich.«

»Vielleicht liegt es ja am Alter. Aber ich genieße diese Ruhe. Alles, was du hörst, ist die Natur. Das erdet dich, bringt dich runter. Hier kannst du den Stress loslassen.«

Sie konnte das zwar durchaus nachvollziehen. Trotzdem. Sie blieb dabei. »Wenn ich je wieder aufs Land ziehe, dann eher woandershin. Nicht zurück nach Husum. Vielleicht in die Uckermark. Oder nach Mecklenburg. Da ist es auch wunderschön.«

Jedenfalls nicht an einen Ort, der so voller Erinnerungen war, dachte sie. Wo sie so oft an Enno denken musste. Oder wo Marit lebte, die sie auf die Dauer um den Verstand brächte. Sie wollte das alles hinter sich lassen. Es reichte, einmal im Jahr zu Weihnachten für ein paar Stunden zu Besuch zu sein. Dabei wollte sie es belassen.

Bent ließ den Gasherd aufflammen und stellte eine große Pfanne darauf.

»Wieso bist du damals eigentlich weggegangen?«, fragte sie. »Die meisten unserer Freunde sind ja geblieben.«

Er wandte sich um und sah sie mit großen Augen an, als wäre die Frage absurd. »Ich wollte natürlich so weit wie möglich weg von hier!«

Das brachte sie zum Lachen. »Wie meinst du das?«

»Na, eben raus aus der Provinz. Ich bin zuerst nach London gegangen, um ein Praktikum zu machen. Aber es hätte auch Australien sein können. Je weiter, desto besser, habe ich damals gedacht.«

Er legte das eingelegte Lammfleisch in die Pfanne. Es zischte und brutzelte, und ein würziger Geruch von Knoblauch und Salbei mischte sich mit Bratenduft.

»Ich schätze mal, das hatte hauptsächlich mit meinem Elternhaus zu tun. Dass ich möglichst weit weg wollte, meine ich. Du kanntest ja meine Mutter, oder?«

»Ja.«

Karen hatte niemals bei ihrer Freundin Ada übernachten wollen. Dafür hatte sie viel zu viel Angst vor dieser resoluten Frau gehabt. Sie war sehr streng gewesen und stets schlechtgelaunt. Wenn Karen an sie zurückdachte, hielt sie beinahe automatisch den Atem an.

»Sie war ein ziemlicher Besen, oder?«

Bent lachte. »So kann man das ausdrücken. Mein Vater hat sich rausgehalten aus der Erziehung. Wahrscheinlich aus Selbstschutz. Und für meine Mutter war absoluter Gehorsam das Wichtigste. Das hat sich nicht gut vertragen mit einem rebellischen Teenager, der seine Grenzen austesten wollte. Bei uns zu Hause flogen ziemlich oft die Fetzen.«

»Deshalb bist du von hier weggegangen?«

»Ich schätze schon. Ich wollte raus in die Welt. Nie wieder zurückblicken. Alles hinter mir lassen.«

Er wendete das Lamm in der Pfanne. Es zischte wieder, und würziger Dampf stieg auf. Dann sah er in den Topf, in dem die Birnen köchelten. Alles schien zu seiner Zufriedenheit zu sein.

»Wie war das bei dir?«, fragte er.

»Bei mir? Nun, ich wollte Germanistik studieren. Dafür musste ich zwangsläufig weggehen.«

»Aber du bist nicht zurückgekommen.«

»Nein. Ich denke, ich wäre wohl auch gegangen, wenn ich nicht studiert hätte.«

Es hatte zwar nicht so viel Streit gegeben bei ihnen. Schon gar nicht, nachdem ihr Vater ausgezogen war. Trotzdem hatte Karen stets das Gefühl gehabt, keine Luft zu bekommen in der Kate ihrer Mutter. Deshalb war sie zum Studium nach Hamburg gegangen.

»Ich wollte auch alles hinter mir lassen«, sagte sie. »Genau wie du.«

Sie betrachtete Bent, der Salat aus dem Kühlschrank holte und ihn in einem Sieb wusch. Es war schon seltsam, wie offen sie miteinander reden konnten, obwohl sie sich kaum kannten.

Umso weniger begriff sie, wie er mit Marit befreundet sein konnte. Das passte in ihren Augen überhaupt nicht zusammen. Natürlich hatten sie und Marit ihre speziellen Probleme miteinander, was jedoch nichts daran änderte, dass ihre Mutter altmodisch war und andere gern umsorgte.

»Geht sie dir nicht furchtbar auf die Nerven?«

»Du meinst Marit? Nein, überhaupt nicht. Im Gegenteil. Ich mag sie. Sehr sogar.«

»Das verstehe ich nicht. Mich macht sie manchmal wahnsinnig. Mit ihrer Betulichkeit. Mit ihren übertriebenen Zuwendungen. Nie lässt sie einen in Ruhe. Immer soll ich was essen oder was trinken oder mir eine Strickjacke überziehen oder … Sie ist wie eine Klette!«

Karen wollte sich eigentlich nicht über Marit aufregen. Schon gar nicht in Bents Gegenwart. Zumal ihre Familiengeschichte sicherlich einen großen Anteil an ihrer Ablehnung hatte. Doch sie konnte sich einfach nicht bremsen.

»Schon als Kind war ich ziemlich selbständig. Und jetzt bin ich erwachsen. Trotzdem lässt sie einen nicht in Ruhe. Läuft ständig hinter einem her und will sich kümmern. Das ist doch schrecklich.«

Bent schenkte ihr ein warmherziges Lächeln. Er urteilte nicht über sie. Im Gegenteil, in seinem Blick lag reine Zuneigung. Doch sicher musste er sich fragen, was passiert war zwischen ihr und Marit. Weshalb sie in diesen Rollen gefangen waren. Und eben dieses Thema wollte sie lieber umschiffen. Sie wollte nicht erzählen, was damals passiert war. Das war eine Sache, die nur sie und Marit etwas anging.

»Familie«, sagte er schließlich und beendete damit das Thema. »Das ist nie leicht.«

Er stellte das Lamm in den Ofen.

»Wie wäre es mit einem Teller Fischsuppe?«, fragte er. »Hast du ein bisschen Hunger mitgebracht?«

»Ob ich …?« Sie lachte. »Ich bin kurz davor, den Abfall nach was Essbarem zu durchsuchen. Seit heute Morgen habe ich nichts mehr gegessen.«

»Dann lass uns nach nebenan gehen.« Er zog ein Feuerzeug aus seiner Hosentasche und warf es ihr zu. »Mach schon mal die Kerzen an.«

Karen, die ganz stolz war, das Feuerzeug halbwegs elegant aufgefangen zu haben, trat durch die Holztür mit den eingelassenen Fensterchen. In dem vom stillen Glanz des Weihnachtsbaums erhellten Gastraum herrschte immer noch diese besondere Atmosphäre. Der gedeckte Tisch und der vordere Teil des Tresens waren wie eine Bühne erhellt, während die hinteren Ecken des Raums im Dunkeln blieben. Etwas Magisches schien über allem zu liegen. Es war einfach ein Ort, an dem man den Weihnachtsabend verbringen wollte.

Sie zündete die Kerzen an. Das edle Porzellan und das blankgeputzte Besteck spiegelten die Flammen wider. In der Heizung knackte und bullerte es, und von draußen war der eisige Wind zu hören.

Sollte bislang die Hektik der Großstadt noch nicht ganz von ihr abgefallen sein, so tat sie es in diesem Moment. Karen kam völlig zur Ruhe.

»Vorsicht, heiß und fettig«, rief Bent, der eine Suppenschüssel auf den Tisch stellte. Karen bemerkte, dass diese hochwertige und etwas altmodische Schüssel zum gleichen Service gehörte wie die Suppenteller.

»Das Service ist toll«, stellte sie fest. »Gehörte das zur Ausstattung des alten Gasthofs?«

»Nein, es ist ein Erbstück meiner Mutter. Es war Teil der Ausstattung, die sie zur Hochzeit bekommen hat.« Er grinste schief. »Thomas-Porzellan. Anfang der Fünfziger das Beste, was es gab.«

Er stellte duftendes, schweres selbstgebackenes Brot auf den Tisch und holte Butter dazu. Dann setzte er sich und verteilte dampfende Suppe auf den Tellern.

Karen beugte sich über die Suppe und sog glücklich den Duft ein. Fisch, Muscheln und Krabben brachten das Aroma der See mit sich. Sie nahm den Löffel und probierte. Als sie auf eine Miesmuschel biss, glaubte sie ganz unverstellt das Meer zu schmecken. Die Wolkenbänke über der See, die salzigen Tiefen im Watt, die nach Dieselöl riechenden Kutter und die am Himmel schreienden Möwen. Bent bemerkte ihren Gesichtsausdruck. Er lächelte zufrieden.

»Die ist gut, oder?«, fragte er.

»Einfach köstlich. Wirklich.«

Eine Weile aßen sie und lauschten dabei dem Nordwind, der am Dachstuhl rüttelte. Dann fragte Bent: »Wie ist das, eine Literaturagentur zu haben? Ich stelle mir das interessant vor.«

»Meistens ist es großartig. Ich habe schon immer zu den Menschen gehört, die Bücher lieben. Schon als Kind. Für mich war das ein Traum, einmal einen Beruf zu haben, wo ich von Büchern umgeben bin. So gesehen ist mein Beruf der schönste, den es gibt.«

»Weil du dadurch in Bücherwelten leben kannst?«

»Genau. Dabei versuche ich, immer am Puls der Zeit zu sein. Ich spüre Ideen für Bücher auf, für Themen, die in der Luft liegen. Und meistens bin ich von Menschen umgeben, die ihren Job ebenfalls lieben. Dabei dreht sich alles nur um Geschichten. Das ist doch wunderbar.«

»Es ist viel mehr, als ich von meinem alten Job je hätte sagen können.«

»Die Unternehmensberatung?«

»Richtig. Aber deshalb bin ich ja jetzt hier. Ich hoffe, ich kann bald so von meinem Job schwärmen wie du. Ich bewundere Leute, die ihr Ding gefunden haben. Die machen, was sie lieben. Jeder Mensch sollte seinen Platz im Leben finden.«

Nach der Vorspeise kehrte Bent in die Küche zurück, um sich dem Lamm zu widmen. Sie nahm die Suppenschüssel und stellte sie auf der Anrichte neben der Spüle ab.

Bent löschte gerade den Bratensud mit Rotwein und Balsamico-Essig, wobei es zischte und dampfte und sich das Aroma von Lamm, Knoblauch und Salbei mit Wein und Essig mischte.

Karen lief schon wieder das Wasser im Mund zusammen.

»Männer sollen es ja attraktiv finden, wenn eine Frau nicht so viel isst«, sagte sie. »Aber darauf kann ich heute leider keine Rücksicht nehmen.«

»Keine Sorge, ich finde dich sehr attraktiv. Die Tatsache, dass dir mein Essen schmeckt, ändert nichts daran.«

Bent sagte das ganz leicht dahin, trotzdem spürte

Karen, wie sie heiße Wangen bekam. Zum Glück stand er mit dem Rücken zu ihr und war ganz auf den Bratensud konzentriert. Es wäre ihr peinlich gewesen, wenn er ihr Erröten bemerkt hätte.

Er ließ sie eine Flasche Rotwein entkorken und schickte sie in den Gastraum, um einzuschenken. Kurz darauf folgte er mit zwei Tellern, auf denen er das Essen angerichtet hatte. Es sah genauso köstlich aus, wie es roch. Das Lamm hatte eine perfekte Konsistenz und schmeckte zart und herzhaft zugleich. Bent hatte es mit Zupfsalat und eingelegten Birnen angerichtet. Eine zweite, ihr unbekannte Salatsorte war ebenfalls auf dem Teller. Sie schmeckte nussig und etwas bitter, was durch das fruchtige Birnendressing ausgeglichen wurde.

»Was ist das für ein Salat?«

»Kein Salat«, grinste Bent. »Das ist Grünkohl.«

»Du nimmst mich auf den Arm.«

»Nein, gar nicht. Man nennt ihn Baby-Kale. Kale heißt Grünkohl, also Babygrünkohl. Er wird geerntet, wenn er ganz jung und zart ist. Deshalb kann man ihn roh essen.«

Sie probierte nachdenklich ein weiteres Blättchen.

»Du hast doch sicher schon von Superfood gehört«, meinte er. »Da gehört dieser Babygrünkohl auch dazu. Er ist voller Vitamin C, außerdem ist eine Menge Kalzium drin. Gesünder geht es kaum. In den Babypflanzen ist alles ganz konzentriert.«

»Und er schmeckt toll. Interessant.«

»Also doch nicht so schlimm, dass es Grünkohl gibt?«

»Nein, ganz im Gegenteil. Das ist eine Entdeckung.« Sie scherzte: »So hat es sogar was Gutes, Weihnachten in Husum zu sein. Ich lerne Grünkohl zu schätzen.«

Bent machte dieser Kommentar nachdenklich.

»Deine Mutter freut sich sehr, dass du gekommen bist.«

Karen bedeutete ihm mit einem Blick, das Thema Marit besser nicht wieder aufzugreifen. Doch er ließ sich nicht bremsen.

»Sie spricht seit Wochen von nichts anderem mehr. Karen kommt nach Husum. Das ist für sie das Größte.«

Sie konzentrierte sich auf das Lamm, doch es half nichts.

»Ich weiß, sie kann nerven«, sagte er. »Alle Eltern können das. Aber weißt du, sie hat doch auch ihre guten Seiten. Und sie hat wirklich die Tage gezählt bis zu deinem Besuch.«

Hör auf damit, dachte Karen. Lass uns den schönen Abend nicht kaputtmachen.

»Entschuldigung. Ich hätte nicht damit anfangen sollen.«

»Nein, schon gut. Es ist nur … ich möchte eigentlich nicht über Marit sprechen. Nicht heute Abend.«

»Es geht mich auch nichts an. Wirklich, tut mir leid.«

Er goss Wein nach und lächelte. Karen bekam ein schlechtes Gewissen. Er hatte ja im Prinzip nichts Schlimmes gesagt.

»Du hast doch auch deine Schwierigkeiten mit deiner Mutter gehabt, oder?«, fragte sie versöhnlich.

»Schwierigkeiten ist untertrieben«, lachte er. »Wir waren wie Feuer und Wasser.«

»Hast du sie denn häufig besucht, als sie noch lebte? Habt ihr regelmäßig zusammen Weihnachten gefeiert?«

»Weihnachten? Nein. Nie. Um Gottes willen. Das blieb zum Glück an Ada hängen. Sie hat sich verantwortlich gefühlt, als ich längst ausgestiegen war. Ich habe mich nicht sehr vorbildlich verhalten.«

»Manchmal kommt man eben nicht zusammen«, sagte sie und meinte damit ebenfalls sich und Marit.

Wieder verfielen sie in Schweigen. Der Nordwind rüttelte am Dach. Irgendwo zog es im Haus, denn das Kerzenlicht begann zu flackern. Dann flaute die Böe draußen ab, und die Flamme wurde wieder ruhig.

»Meine Mutter ist als Vierzehnjährige aus Pommern geflohen«, sagte Bent. »Weiß der Himmel, was sie alles erlebt hat zum Kriegsende. Ihre Mutter ist auf der Flucht umgekommen, und was ihr und ihrer Schwester unterwegs passiert ist, darüber kann man nur mutmaßen.«

»Hat sie nie darüber gesprochen?«

»Niemals. Mit uns schon gar nicht. Ein paar Sachen habe ich von Marit erfahren. Unaussprechliche Sachen. Doch das meiste hat sie wohl mit ins Grab genommen.«

Er lehnte sich zurück. Das Licht der Kerze spiegelte sich in seinen dunklen Augen.

»Eigentlich hätte sie ihr halbes Leben beim Therapeuten verbringen müssen«, versuchte er einen Witz. »Aber so was gab es damals nicht. Stattdessen wurde nach Kriegsende einfach alles totgeschwiegen. Stunde null und weiter. Keiner hat zurückgeschaut. Keiner hat sich mit seinen Wunden befasst. Alle wollten vergessen.«

Dabei herausgekommen war eine unsentimentale Generation, die das Land in harter Arbeit wiederaufgebaut hatte – und deren Traumata in ihren Familien fortlebten, das wusste Karen. Bestimmt gab es Gründe, warum Frau Andersen so war, wie sie war. Bestimmt hatte sie nicht aus ihrer Haut gekonnt. Trotzdem konnte Karen verstehen, dass Bent Abstand gehalten hatte.

»Ich weiß, dass sie mich geliebt hat«, sagte er. »Ich weiß, dass sie sich gewünscht hat, mir das zeigen zu können. Doch das war eben nicht möglich. Ich wünschte, ich hätte es ihr leichter gemacht. Wenigstens am Ende. Ich wünschte, ich hätte ihr mehr gegeben. Bevor es dafür zu spät war.«

Er starrte ins Nichts. Schien mit seinen Gedanken weit entfernt.

»Ich wünschte, ich hätte mich mit ihr versöhnen können, bevor sie starb. Doch ich habe erst nach ihrem Tod gemerkt, was ich verpasst habe.«

Karen wusste nicht, was sie sagen sollte. Natürlich hatte er recht mit dem, was er sagte. Trotzdem fühlte sie sich angegriffen. Was er sagte, klang in ihren Ohren wie ein Vorwurf.

Dabei war Marit nach Kriegsende geboren. Überhaupt hatten ihre Familien wenig miteinander gemein. Man konnte die Geschichten nicht vergleichen.

»Deine Mutter ist nicht meine Mutter«, sagte sie.

Er blickte auf, als erwache er aus einem Traum.

»Das weiß ich«, sagte er.

»Was zwischen Marit und mir passiert ist, geht dich nichts an. Misch dich nicht bei uns ein.«

Karen hatte es so satt. Marit war wieder einmal die arme Mutter und sie die undankbare Tochter.

»Hast du mich deshalb zum Essen eingeladen?«, fragte sie zornig. »Wollte Marit, dass du mit mir sprichst?«

Bent sah erschrocken auf. Das war natürlich alles Unsinn, und sie wusste es. Trotzdem war da dieser alte Ärger, den sie einfach nicht unterdrücken konnte.

»Ich habe dich eingeladen, weil ich dich kennenlernen wollte. Weil ich dich sympathisch finde.«

Augenblicklich schämte Karen sich für ihren Ausbruch, der ihr auf einmal völlig unangebracht erschien.

»Das weiß ich. Es tut mir leid.«

Sie sah ihn bittend an. Beinahe hätte sie seine Hand genommen. Erst im letzten Moment ließ sie die ihre auf der Tischdecke zwischen ihnen liegen.

»Bitte, Bent, vergiss einfach, was ich gesagt habe. Das liegt an meinen Problemen mit Marit. Wenn es um mich und meine Mutter geht, verliere ich schnell die Fassung. Aber wir haben so einen schönen Abend, den ich uns nicht verderben möchte. Es tut mir leid.«

»Kein Problem. War ein Missverständnis.« Er lächelte warmherzig wie zuvor. »Ich würde sagen, wir wechseln das Thema. Noch ein bisschen Wein?«

Bent goss nach, und sie stießen an. Gemeinsam saßen sie im sanften Licht des Weihnachtsbaums, tranken Wein und redeten, während der Sturm das Gasthaus umtobte. Doch die unbeschwerte Stimmung, die anfangs geherrscht hatte, war ihnen abhandengekommen.

Es liegt einfach an Husum, dachte Karen. Diesem vergifteten Ort. Selbst ein so perfekter Abend wird durch diese Umgebung zerstört.

Kapitel acht

Der nächste Morgen dämmerte grau und düster. Karen stand im Nachthemd an ihrem Hotelfenster und blickte hinaus auf den Hafen. Alles war in dichten Nebel eingepackt. Die Stadt wirkte wie eingefroren.

Ihr kam wieder in den Sinn, wie sie Bent vorgeworfen hatte, er wolle sich bei ihr und Marit einmischen. Dafür könnte sie sich in den Hintern treten. Er hatte sich so viel Mühe gemacht mit diesem Abend, alles war perfekt gewesen. Und dann hatte sie so reagiert.

Bevor sie zu Bett gegangen war, hatte sie ihm eine SMS geschrieben, in der sie ihren Vorwurf nochmals bedauerte. Sie hoffe zudem, hatte sie getextet, dass sie sich noch sähen, bevor sie wieder nach Berlin zurückfuhr.

Er hatte sich noch nicht zurückgemeldet, doch wenn sie sich noch mal treffen wollten, dann musste es heute geschehen. Am besten heute Vormittag. Weil sie später ja mit Marit verabredet war und morgen schon zurückfahren wollte. Wahrscheinlich würde also nichts mehr daraus werden.

Der Gedanke versetzte ihr einen Stich. Ein Teil von

ihr wünschte sich sehr, ihn wiederzusehen, bevor sie Husum hinter sich lassen würde.

Während sie die alten Giebelhäuser betrachtete, die starr im Nebel standen, klingelte plötzlich ihr Handy. Sie nahm es vom Nachttisch auf. Es war jedoch nicht Bent, wie sie gehofft hatte, sondern Sanna. Trotzdem nahm sie das Gespräch entgegen.

»Hast du den Text schon gelesen?«, fragte Sanna sofort.

Leicht genervt erwiderte Karen: »Guten Morgen, Sanna.«

»Ja, natürlich. Guten Morgen. Also, was ist?«

»Ich bin noch nicht fertig damit. Tut mir leid.«

»Aber das waren doch nur dreißig Seiten. Wo ist denn das Problem?«

»Das Problem ist, dass ich hier bei meiner Mutter bin. Ich hatte einfach noch keine Zeit.«

»Aber du hast schon angefangen? War es so langweilig, dass du nicht weitergelesen hast?«

»Sanna, bitte. Ich habe nicht weitergelesen, weil ich unterbrochen worden bin. Wie gesagt, ich hatte einfach nicht die Zeit.«

»Nicht mal, um dreißig Seiten zu lesen«, maulte sie. »Das ist doch wirklich nicht viel. Ich komme hier nicht weiter, Karen. Du musst mir helfen.«

Karen dachte daran, wie sie gestern von ihrem Job geschwärmt hatte. Alles, was sie gesagt hatte, stimmte natürlich. Sie lebte ihren Traum.

Nun musste sie nur noch lernen, sich besser abzugrenzen. Sie wollte sich Gabys Ratschläge zu Herzen nehmen. Nicht immer die Erwartungen anderer erfüllen. Auch mal eine Auszeit nehmen. Diese ewige Pflichterfüllung würde ihr sonst noch die Freude an ihrer Arbeit nehmen.

»Es sind meine Weihnachtsferien, Sanna. Ich bin nicht in Berlin. Es ist gerade schwierig.«

»Bitte, Karen. Du weißt doch, dass ich an den Feiertagen arbeiten will. Ich ruf dich einfach später noch mal an, ja?«

Karen versuchte zu protestieren, doch hatte Sanna das Gespräch bereits beendet. Die Leitung war tot.

Während sie duschte und sich anzog, ärgerte sie sich wieder darüber, nicht klarer abgelehnt zu haben. Dieses eine Mal noch würde sie Sannas Wunsch erfüllen, sagte sie sich. Doch in Zukunft wollte sie sich besser abgrenzen. Dann verließ sie das Zimmer und ging hinunter in den Frühstücksraum.

Eine Dame vom Hotel begrüßte sie und führte sie zu einem kleinen Tisch. Die junge Frau trug ein seltsames Lächeln zur Schau, als sie Karen an ihren Platz wies. Doch bevor Karen danach fragen konnte, zog die Dame sich bereits diskret zurück.

Auf dem Tisch stand ein Brotkorb, der mit einem Stofftuch abgedeckt war. Karen blickte irritiert zum Buffet, dann zu den anderen Tischen. Doch nirgends sonst stand ein ähnlicher Korb. Sie hob vorsichtig das Stofftuch an.

Es war ein Apfelbrot. Offenbar frisch gebacken, denn der vertraute köstliche Duft stieg ihr augenblicklich in die Nase. Verblüfft ließ sie sich auf den Stuhl sinken. Sie blickte sich nach der Hoteldame um, doch die war nirgends zu sehen. Neben dem Korb lag ein Brotmesser. Zaghaft nahm sie das Brot und schnitt eine Scheibe ab. Es dampfte und verströmte ein wundervolles Aroma. Es roch genauso wie das Apfelbrot, das ihr Vater früher gemacht hatte. Viel besser, als sie selbst es jemals hinbekommen würde.

Plötzlich war es, als wäre Enno hinter ihr aufgetaucht. Als würde er sich über das dampfende Brot beugen und tief inhalieren. »Ja, so muss Apfelbrot riechen. Nicht wahr, Karen?« Dann war der Augenblick vorüber. Natürlich war sie allein.

»Darf ich Ihnen ein wenig Butter reichen?«

Die Hoteldame trat an ihren Tisch. Mit wissendem Lächeln stellte sie frische Butter neben den Brotkorb.

»Steckt Bent dahinter?«, fragte Karen.

Das Lächeln wurde breiter.

»Sehen Sie dort«, sagte sie und deutete auf einen Briefumschlag, der auf der Tischdecke lag.

Den hatte Karen noch gar nicht entdeckt. Sofort nahm sie ihn auf und öffnete den Umschlag. Es war eine Nachricht von Bent. Natürlich schrieb er ihr keine banale SMS. Er hinterlegte handgeschriebene Briefe.

Verdattert sah sie auf. Die Dame zwinkerte ihr zu, dann kehrte sie in der typischen freundlich-distanzierten Haltung der Hotelangestellten zu ihrem Arbeitsplatz zurück. Karen las eilig den Brief.

Liebe Karen,

es war ein sehr schöner Abend gestern. Ich freue mich immer über dankbare Grünkohlesser. Gern würde ich Dein Angebot annehmen und mich mit Dir verabreden. Nur bleibt uns wenig Zeit für ein zweites

Treffen, wenn ich mich nicht täusche. Wie wäre es heute um elf Uhr vorm Hotel? Ich hole Dich ab. Ach, und falls wir einen Ausflug machen sollten, zieh Dich besser warm an!

Liebe Grüße
Bent

PS Warme Winterunterkleidung bekommst Du bei Eva. Du weißt sicher längst, wer das ist.

Karen blickte auf. Hinter der Rezeption stand die Hoteldame und zwinkerte ihr wieder zu. Karen lächelte zurück und winkte. Dann wandte sie sich ihrem Frühstück zu. Warmes Apfelbrot, auf dem frische Butter zerlief, dazu kräftiger schwarzer Kaffee. Es war genau wie früher, als ihr Vater noch lebte. Bevor ihre Eltern sich hatten scheiden lassen und er ausgezogen war. So war auch ein bisschen Wehmut dabei, als sie das dampfende Brot mit Butter bestrich.

Dennoch war sie gerührt von Bents Geste. Sie fragte sich, ob er das Rezept von Marit hatte. Besaß sie etwa das Originalrezept ihres Vaters für Apfelbrot?

Sie kam nicht umhin, sich geschmeichelt zu fühlen. Damals, als Teenager, hätte ein Blick von Bent schon gereicht, um sie durch die Decke gehen zu lassen. Und jetzt so was. Ihr altes Ich wäre ziemlich ausgeflippt.

Doch war Karen gar nicht auf der Suche. Sie kam auch ohne Mann gut klar. Schon gar nicht brauchte sie einen Mann, der in Husum lebte. Trotzdem. Es war schön, mal wieder dieses Gefühl zu haben. Und eben sehr schmeichelhaft.

Nach dem Frühstück ging sie zu Eva und ließ sich sicherheitshalber warme Unterkleidung geben. Wer wusste schon, was Bent vorhatte, und er hatte das sicher nicht ohne Grund erwähnt. Da ihr noch etwas Zeit blieb, nahm sie sich ihren Laptop und las konzentriert Sannas Text. Nun hatte sie ein klareres Bild. Sie würde Sanna ein paar hilfreiche Tipps geben können. Allerdings musste das warten, denn es war nun kurz vor elf.

Sie ging hinunter in die Hotelhalle. Eva war nirgends mehr zu sehen, und weil es Karen mit den dicken Schichten Kleidung im Foyer zu warm wurde, trat sie nach draußen.

Der Nebel hatte sich kaum verzogen. Eine dicke Suppe lag über der Stadt. Plötzlich knatterte es hinter ihr, und eine Vespa tauchte auf dem Kopfsteinpflaster auf.

Es war Bent. Er war dick eingepackt, trug dabei eine Lederjacke mit Wollkragen und einen Pilotenhelm. Er strahlte sie an, die Wangen vor Kälte gerötet. Wie ein Seemann, der vom Fischfang zurückkehrt.

Eine Vespa. Karen war froh, sich warm angezogen zu haben. Sie hatte ja nicht ahnen können, dass sie auf so ein Ding steigen sollte – worauf sie sich jetzt jedoch sehr freute.

»Gehört die dir?«, begrüßte sie ihn und begutachtete die taubenblaue Vespa. »Die ist ja super.«

»Das ist meine. Damit bin ich in Frankfurt immer zur Arbeit gefahren. Das war mein kleines bisschen Freiheit, mir frühmorgens den Wind um die Nase pusten lassen.«

»Und ich soll dahinten drauf?«

»Du hast doch keine Angst, oder?«

Nicht, wenn du fährst, wäre ihr beinahe rausgerutscht. Stattdessen fragte sie: »Woher wusstest du das mit dem Apfelbrot?«

»Deine Mutter muss so was erwähnt haben …«

»Ganz zufällig.«

»Was denkst du, worüber wir die ganze Zeit reden? Kochen und Backen. Kein Wunder, dass ich Bescheid wusste. Aber sag mir: War es gut?«

»Es war perfekt.«

Er grinste breit. Für einen Augenblick sah er genauso aus wie früher.

»Dann bist du bereit für einen Ausflug?«

»Das bin ich. Wo soll es hingehen.«

»Als Erstes zum Außenhafen. Wir müssen Hering einkaufen. Deine Mutter schickt uns.«

Karen konnte sich ein Lachen nicht verkneifen. Wie romantisch, dachte sie. Für Marit einkaufen gehen.

»Lass mich raten. Für das Labskaus heute Abend?«

Das war nämlich ihr traditionelles Essen am Heiligabend. Kartoffelsalat oder Karpfen hatte es bei ihnen nie gegeben. Stattdessen immer nur Labskaus mit Hering. Offenbar wollte Marit diese Tradition bewahren, auch wenn heute nicht Heiligabend war. Auch für ihr vorgezogenes Weihnachtstreffen sollte alles sein wie immer.

»Und wohin geht es danach?«, fragte Karen.

»Wir lassen uns einfach treiben. Dahin, wo es schön ist. Komm! Steig auf.«

Er gab ihr einen Helm, den sie sich vorsichtig über

ihre Haare zog. Dann startete er den Motorroller und bedeutete ihr, hinten aufzusteigen. Karen schwang sich auf den Sitz. Unsicher sah sie sich um. Sie scheute davor zurück, sich an seinem Oberkörper festzuhalten. War da nicht ein Griff hinterm Sitz, an den sie sich eventuell klammern konnte?

»Gut festhalten!«, übertönte Bent das Knattern.

Dann schoss die Vespa los, und Karen klammerte sich augenblicklich an seinem Oberkörper fest. Sie umschlang ihn ängstlich mit beiden Armen. Doch genau das schien er mit dem Blitzstart bezweckt zu haben. Sie spürte sein Lächeln mehr, als dass sie es sah.

Die Vespa holperte über das Kopfsteinpflaster am Kai entlang. Der dichte Nebel packte alles wie in Watte. Die Lichterketten an den Häusergiebeln leuchteten nach Kräften in die graue Suppe hinein, dennoch blieben sie blass und seltsam unwirklich. Auch war kaum jemand auf der Straße. Als wäre die ganze Stadt in Starre gefallen.

Bent steuerte auf die Hauptstraße, die zum Außenhafen führte. Es ging auf eine Brücke, die über die Husumer Au führte und von der aus Karen den Außenhafen bereits sehen konnte. Gedrungene Kutter, die sich im ruhigen Wasser spiegelten und deren Masten und Netze unbewegt im Nebel standen. Die Verkaufshütten am Kai mit ihren riesigen Werbetafeln. Und die Lagerhallen und großen Betonspeicher, die nur schemenhaft zu erkennen waren und sich schon bald im Nebel verloren.

Karen schmiegte sich an Bents Rücken, während sie der Straße zum Außenhafen folgten. Es fühlte sich inzwischen ganz natürlich an, zu zweit auf der Vespa zu sitzen. Ihre Scheu hatte sie schnell verloren.

Da es völlig windstill war, fühlte sie sich warm und wohlig in ihrer dicken Kleidung. Es war nicht zu kalt für einen Ausflug. Im Gegenteil. Es war herrlich an der frischen Luft.

Auf der Zufahrt zum Außenhafen fühlte sie sich an ihre Kindheit erinnert. Wenn ihre Mutter einkaufen war, führte der Weg sie früher oder später immer hierher zu den Verkaufsstellen des frischen Fangs. Viel hatte sich nicht verändert seit damals.

»Wenn wir hier einkaufen waren, hieß das früher immer, dass ich später in der Küche sitzen und Krabben pulen musste«, erzählte sie, während Bent die Vespa sorgsam abstellte.

»Meine Schwester musste früher auch immer Krabben pulen. Ich war zum Glück ein Junge. Bei meiner Mutter hatte ich in der Küche nichts zu suchen.«

»Ich habe das gehasst. Krabben pulen! Heute würde mich das gar nicht mehr stören, aber damals war das der reinste Alptraum.«

»Heute werden die Krabben in Marokko gepult«, sagte Bent. »Die werden da runtergeschifft, gepult und wieder hochgefahren. Das ist immer noch billiger, als es hier machen zu lassen.«

»Da läuft echt was schief, wenn du mich fragst.«

»Aber hier im Außenhafen kannst du auch ungepulte bekommen. Also, falls du das Erlebnis noch mal haben möchtest – tu dir keinen Zwang an.«

»Du meinst Krabben pulen?« Sie lachte: »Soll ich mich mit einem Eimer in die Hotellobby setzen?«

Bent hielt ihr die Tür zum Verkaufsraum auf. Hier drin war es kühl und trocken, und es duftete nach Fisch und Meeresfrüchten, nach Salz und Seetang und ganz leicht nach Dieselöl. Verkäufer mit Gummistiefeln und Overalls redeten mit der Kundschaft, es wurden Sprüche geklopft und laut gelacht. So wie es immer gewesen war.

Bent kannte einen der Verkäufer. Sie unterhielten sich eine Weile, während Karen die Auslagen bestaunte. Dann suchte er den Hering für Marit aus, und sie kehrten zum Motorroller zurück. Er verstaute den Fisch im Stauraum unter dem Sitz.

»Da kann er kühl lagern«, sagte er. »So, das wäre geschafft. Geht's weiter? Was hältst du davon, wenn wir einfach am Strand entlangfahren?«

Karen war einverstanden. Sie nahm auf der Vespa Platz, und gemeinsam tuckerten sie weiter in Richtung Meer. Schnell verließen sie die großen Straßen und fuhren über schmale Wege quer durch das Marschland. Die Luft war feucht und roch salzig, der Nebel schluckte alle Geräusche.

Karen ließ die Landschaft an sich vorüberziehen. Im Dunst lagen weite Wiesen, auf denen Schafherden grasten, durchzogen von Zäunen und Abwassergräben. Einige Sträucher standen in Senken, Gräser, Flechten und kleine Pflanzen bestimmten das Bild, doch nirgends war ein Baum zu sehen.

»Unfassbar, wie viele verschiedene Grüntöne es gibt, oder?«, rief Bent über die Schulter. Das war ihr ebenfalls aufgefallen. Die Weite war nicht eintönig. Im Gegenteil. Es lagen tausend verschiedene Farbtöne in ihr, die der Landschaft eine unglaubliche Tiefe verliehen.

Sie erreichten den Strand. Karen hatte sich nicht nach den Gezeiten erkundigt, doch sie nahm freudig wahr, dass Hochwasser herrschte. Der Scheitelpunkt der Flut war nahe. Das bedeutete, dass sie das Meer sehen konnten und nicht nur die Weite des Watts.

Bent knatterte gemütlich weiter über das Deichvorland. Der zähe Nebel löste sich langsam auf. Das Meer spülte ruhig und träge gegen den Grünstrand. Sie waren ganz allein an diesem nebligen Vormittag. So weit das Auge reichte, waren Lahnungsfelder, Salzwiesen und Faschinen aus Reisigbündeln zu sehen, die das Meer davon abhielten, den Boden fortzuspülen. Ihre Kleidung hielt sie schön warm, auch wenn ihre Wangen in der Kälte brannten.

Es ging immer weiter in die Einsamkeit der Natur. Während Karen über das Meer blickte, über das Watt und die Salzwiesen, spürte sie den Wunsch, ewig so weiterzufahren. Gemeinsam mit Bent auf der Vespa, wortlos und vertraut und umgeben von der Schönheit der Natur. Sie wünschte sich, niemals wieder absteigen zu müssen.

Bis sie irgendwann doch kalte Füße bekam. Vielleicht hätte sie auch warme Socken anziehen sollen, sagte sie sich. Nicht nur die dicke Strumpfhose. Doch da tauchte vor ihnen bereits die Seebrücke von Schobüll auf, die aus der Geestlandschaft heraus ins Meer ragte, und Bent verlangsamte das Tempo und bog von dem schmalen Weg ab.

Er fuhr an dem verwaisten Freibad vorbei, mit dem

Karen viele Kindheitserinnerungen verband, und weiter durch die braunen, abgestorbenen Schilffelder zur Seebrücke.

»Die Seebrücke«, stellte sie fest, als erinnerte sie sich an einen alten Film. »Wie schön.«

»Nicht wahr? Besonders bei so einem Wetter.«

Sie warf ihm einen skeptischen Seitenblick zu. Machte er sich über sie lustig? Schließlich war die Seebrücke im Sommer beliebt, wenn man bei schönem Wetter einen hervorragenden Blick über die Husumer Bucht hatte. Doch er schien es ernst zu meinen.

»Sieh nur«, sagte er, als er ihre Hand nahm und sie hinaus auf den Bohlensteg führte. »Es ist keine Menschenseele hier. Wir sind ganz allein.«

Karen folgte ihm hinaus auf die stille Brücke. Der Nebel tauchte noch immer alles in ein graues Licht, auch wenn er inzwischen längst nicht mehr so dicht war. Unter der Holzkonstruktion hallten dumpf ihre Tritte wider. Das Echo wurde schnell vom Nebel geschluckt.

Bent lehnte sich an der Aussichtsplattform weit über die Brüstung und atmete die feuchte Luft ein. Karen stellte sich zu ihm. Vor ihnen lagen die Weite des Meeres und der Horizont, der im grauen Dunst versank. Und unter ihnen klatschte leise und rhythmisch die Brandung gegen die Holzpfeiler. Eine Möwe schrie irgendwo über ihren Köpfen. Karen hätte am liebsten ihren Kopf an seine Schulter gelehnt.

»Du hast recht«, sagte sie. »Es ist wunderschön.«

»So einsam ist es sonst nie. Das liebe ich.«

Während sie standen und schauten, warf Bent ihr einen Seitenblick zu. Seine Augen waren dunkel und unergründlich. Karen spürte auf einmal ein ganz besonderes Band zwischen sich und Bent. Das Meer und die Brandung waren vergessen.

Da klingelte laut Bents Handy.

Er murmelte eine Entschuldigung und kramte das Telefon hervor. Er blickte aufs Display.

»Das ist Jens. Mein Kumpel, der mit mir den Gasthof schmeißt.« Er blickte zerknirscht auf. »Ich muss kurz rangehen.«

»Kein Problem. Mach ruhig.«

Er wandte sich ab und nahm das Gespräch entgegen. Karen war beinahe erleichtert, dass sie unterbrochen worden waren. Was war denn plötzlich los gewesen?

Während Bent sprach, es ging um irgendwelche Handwerksdinge, spazierte Karen langsam über den langen Holzsteg zurück zum Strand. Die naturbelassene Geestlandschaft, die das Ufer prägte, lag im tiefen Winterschlaf. Sie hielt inne und ließ die Schönheit der Natur auf sich wirken.

Bent tauchte hinter ihr auf.

»Sorry noch mal«, sagte er.

Der Moment war vorüber. Es war nun, als wäre gar nichts passiert auf der Seebrücke.

»Wir könnten die Vespa stehenlassen und ein Stück gehen«, schlug er vor. »Danach könnten wir uns in einem Landgasthof bei einer Tasse Kaffee aufwärmen. Was hältst du davon?«

»Das hört sich gut an. Ich bin dabei.«

Am Ende der Brücke war der Boden schlammig und voller Pfützen. Zwischen dem Schilf führte ein Trampelpfad zum Strandweg. Bent machte instinktiv einen großen Satz von der Brücke über eine Pfütze und landete auf dem trockenen Pfad. Dann wandte er sich Karen zu und stellte fest, dass die Pfütze doch ziemlich groß war.

Karen stand am Rand des Bohlenwegs. Unschlüssig, ob sie es ihm nachmachen sollte oder lieber nicht.

»Was ist?«, rief er gutgelaunt. »Traust du dich zu springen?«

Sie blickte verblüfft auf. Es war wie damals mit Enno. Wie sie beide auf verschiedenen Seiten des Abwassergrabens standen. Enno mit ausgebreiteten Armen, der sie aufforderte zu springen.

»Komm schon«, rief Bent, genau wie Enno. »Ich fang dich auf.«

Sie trat zurück, erschrocken und verwirrt. Sie versuchte, sich nichts anmerken zu lassen. Doch sie war völlig durcheinander.

»Lieber nicht«, sagte sie. »Ich lande bestimmt mitten im Wasser, so wie ich mich kenne.«

»Das wollen wir nicht riskieren«, lachte Bent. »Geh außen herum. Wir treffen uns da vorn, siehst du?«

Er stapfte drauflos, um ihr entgegenzugehen. Karen atmete durch. Ging mit hölzernen Bewegungen weiter. Sie musste aufhören, so oft an Enno zu denken. Er hatte sie alleingelassen. Er war fort. Sie wollte diesen Tag genießen. Ihr Zusammensein mit Bent. Das durfte sie sich nicht von solchen Déjà-vus verderben lassen.

»Alles in Ordnung?«, fragte er. »Du siehst nachdenklich aus.«

»Nein, es ist alles in Ordnung«, sagte sie.

Und in diesem Moment wurde ihr klar, dass es stimmte. Es war tatsächlich alles wieder in Ordnung. Es fühlte sich wie eine Erleichterung an. Wie ein Abschied.

»Gehen wir zum Strand.«

»Sehr gern«, sagte Bent und hielt ihr seinen Arm hin.

Karen hakte sich ein, lächelte, und sie spazierten der allmählich zurückweichenden Nordsee entgegen.

Kapitel neun

Es war längst dunkel, als Bent den Weihnachtsmarkt vor der Marienkirche erreichte. Zahllose funkelnde Lichter empfingen ihn, zusammen mit dem Geruch von Glühwein und gebrannten Mandeln. Der Markt war gut besucht. Der Tag vor Heiligabend war für viele der letzte Arbeitstag im Jahr, und nun standen sie beisammen, tranken Glühwein und plauderten, bevor sie nach Hause in die Weihnachtsferien gingen.

Er sah sich nach Jens um, mit dem er verabredet war. Sein Freund stand neben einem Glühweinstand und aß eine fettige Bratwurst im Brötchen, von der Senf auf seine Schuhe hinabtropfte. In seiner dünnen Jacke machte er sich frierend darüber her und erinnerte dabei an eine zerlumpte Möwe, die auf der Straße essbaren Abfall gefunden hatte.

Bent durchfuhr ein leichter Schauer, als er die billige Bratwurst sah. Aber er kannte dieses Verhalten aus seiner Ausbildungszeit. Selbst Sterneköche stopften sich nach Feierabend gern mit Junkfood voll, nachdem sie den ganzen Tag gekocht hatten und ihnen der Magen knurrte. Bent verstand ja, dass keiner Lust hatte, nach einer langen Schicht zu Hause noch was zu zaubern. Dennoch war es für ihn immer irritierend gewesen.

Als Jens ihn bemerkte, wischte er sich Senf vom Kinn und winkte ihm zu. »Da bist du ja. Ich habe im Gasthaus die letzten Stellen an der Wand verputzt. Es ist alles fertig. Dabei hab ich gesehen, dass du gestern schon gekocht hast. Hast du die Küche ohne mich eingeweiht?«

Bent wollte ihm von Karen erzählen, doch sein Freund wurde an den Glühweinstand gerufen. Ein dicker Mann, der eine Schürze über mehreren Pulloverschichten trug, reichte ihm einen Becher. Offenbar hatte Jens gerade einen Glühwein bestellt, als Bent gekommen war.

»Halt mal«, sagte er, und ehe Bent protestieren konnte, drückte er ihm die angeknabberte Wurst in die Hand. »Mach zwei!«, rief er dem Verkäufer im Glühweinstand zu.

Bent war sich nicht sicher, ob er überhaupt einen Glühwein wollte, doch es war zu spät. Jens übergab ihm eine dampfende Tasse und nahm mit der freien Hand umständlich seine Wurst zurück.

Am Glühweinstand entdeckte Bent Larissa, die ältere Tochter von Jens, die jedoch ganz von ihrem Handy in Anspruch genommen war. Sie hielt Abstand zu ihrem Vater, als würde sie ihn gar nicht kennen, und schrieb unablässig Nachrichten. Jens forderte sie auf, Bent zu begrüßen, doch sie rollte nur genervt die Augen, murmelte etwas Unverständliches und gab sich wieder konzentriert ihren Textnachrichten hin.

»Kinder …«, meinte Jens kopfschüttelnd und biss in seine Wurst.

Die Leute um sie herum wirkten entspannt und gutgelaunt. Nirgends herrschte Stress. Es war eine besondere Atmosphäre voll gemeinschaftlicher Vorfreude.

»Eigentlich ist es ganz schön, oder?«, sagte Bent.

»Was meinst du?«

»Dass wir in Ruhe Weihachten feiern können. Ganz ohne Stress. Das war ja eigentlich nicht geplant.«

»Wo du das schon ansprichst … Was ist denn eigentlich mit morgen? Willst du Heiligabend wirklich nicht bei uns feiern?«

Jens hatte ihm schon ein paarmal angeboten, mit ihm und seinen Töchtern zu feiern. Er hatte offenbar Sorge, dass Bent Weihnachten allein herumsaß und in Trübsinn verfiel.

»Danke fürs Angebot. Aber ich feiere mit Marit. Wir sind ja beide allein. Wir werden was Schönes kochen und es uns gemütlich machen. Du musst dir keine Sorgen um mich machen. Außerdem …«

»Papa!«, unterbrach ihn Marie, die jüngere seiner beiden Töchter, die sich in einem Engelkostümchen durch die Menge drängelte und auf sie zulief. Sie war für das Krippenspiel in der Marienkirche verkleidet, trug schneeweiße Flügel und einen goldenen Kranz im Haar. Der festliche Eindruck wurde nur durch ihre zentimeterdicken Brillengläser etwas gestört.

»Papa! Es geht gleich los!«

Sie schnappte frech seine Wurst, die Jens ihr widerstandslos überließ. Stattdessen nahm er seinen Tabakbeutel und drehte sich gemütlich eine Zigarette.

»Spielst du beim Krippenspiel mit?«, fragte Bent freundlich. »Ist ja aufregend.«

»Ich bin der erste Engel!«, verkündete sie stolz.

»Die Vorstellung ist erst heute Abend«, klärte Jens auf. »Jetzt fängt gleich die Generalprobe an.«

»Komm, Papa. Guck dir das an! Du musst.«

»Ja, ich komme gleich«, nuschelte Jens, während er das Zigarettenblättchen anleckte. Er wollte erst mal eine rauchen. »Larissa geht schon mit. Ich komme nach.«

Larissa verdrehte wieder die Augen und textete unbeirrt weiter.

»Du sollst mitkommen!«, quengelte ihre Schwester. »Papa hat das gesagt.«

»Ich guck mir den Scheiß nicht an«, maulte Larissa, ohne ihre Schwester eines Blickes zu würdigen.

»Papa hat aber gesagt, dass du mitkommen musst.«

»Jetzt geh schon, Larissa«, sagte Jens. »Du hast es versprochen.«

Nun sah sie vom Handy auf. Marie lächelte triumphierend, was sie verächtlich schnauben ließ. »Ich hasse dich.« Dennoch folgte sie ihrer Schwester. Die beiden zogen ab, und Jens steckte sich die selbstgedrehte Zigarette an. Er grinste schief. »Sind sie nicht hinreißend?«

Bent fragte sich, was ihn Heiligabend erwartet hätte, wenn er Jens' Einladung angenommen hätte. Vielleicht würde dort der Dritte Weltkrieg ausbrechen.

»Für wen hast du eigentlich gestern gekocht?«, fragte Jens und blies Rauch in die eisige Luft.

»Wieso glaubst du, dass ich nicht allein war?«

»Ich bin doch nicht blöd. Da waren Kerzen runtergebrannt, und in der Spülmaschine stand die teure Suppenschüssel deiner Mutter.« Er nickte anerkennend. »Respekt, Mann. Gerade hergezogen, und schon lachst du dir eine Frau an. Du lässt nichts anbrennen. Wer ist es denn, kenne ich sie?«

»Ich habe mir niemanden angelacht. Das war nur Karen, die Tochter von Marit. Du weißt schon, die aus Berlin.«

»Und wie bist du dazu gekommen, die zu bekochen? Da läuft doch was bei euch, erzähl mir nichts. Karen also.« Er zog frierend die Schultern zusammen und sog an seiner Zigarette. »Aber die ist süß, keine Frage.«

»Da läuft überhaupt nichts. Sie ist … einfach nur sehr nett. Und interessant. Das ist alles.«

Bent verbarg sein Gesicht hinter der dampfenden Glühweintasse. Ihm gefiel dieses Jungsumkleide-Gespräch nicht besonders. Auch wenn er wusste, dass Jens es nicht so meinte.

Ein bekanntes Gesicht tauchte in der Menge auf. Es gehörte zu einem Bären von einem Mann, der sich in gefährlich wirkender Lederkluft seinen Weg durch die Weihnachtsmarktbesucher bahnte.

»Püppi!«, rief Jens. »Was machst du denn hier?«

»Wir haben doch den Stand«, sagte er und gab dem Glühweinverkäufer ein Zeichen, damit er auch eine Tasse bekam. »Ich mach grade Pause. Da vorn, siehst du? Die Chefin ist im Stand.« Er deutete auf seine Bude, in der seine Frau Astrid gerade mit Kunden plauderte. »Muss mich erst mal aufwärmen. Ich brauch einen Glühwein.«

Bei seiner Größe war es kein Problem für ihn, über die Köpfe der Leute hinweg eine dampfende Tasse entgegenzunehmen.

»Alles klar bei euch im Gasthof?«, fragte er. »Was gibt's Neues?«

»Bent hat was am Laufen«, verkündete Jens.

Bent stieß ihm in die Seite, woraufhin Jens Glühwein verschüttete. »Ich habe gar nichts am Laufen, du Spinner.«

Jens kicherte. »Na ja, ein bisschen nur.«

»Wer ist denn die Glückliche?«, fragte Püppi.

»Niemand ist glücklich«, meinte Bent genervt.

»Es ist Karen«, sagte Jens. »Karen Peters, erinnerst du dich? Die Tochter von Marit.«

»Natürlich erinnere ich mich. Die war gestern noch bei mir am Stand. Da ist sie gerade in Husum angekommen.« Anerkennend sagte er zu Bent: »Da hast du ja schnell zugeschlagen.«

Bent schüttelte resigniert den Kopf. Doch er wusste ja, die beiden wollten ihn nur aufziehen. So tun, als wären sie alle noch in dem Alter, in dem man Affären hatte und sich ausprobierte. Lange bevor man sich niederließ und ernsthafte Beziehungen führte. Das machte ihnen eben Spaß.

»Wir haben uns einfach nett unterhalten«, sagte Bent. »Wir haben schließlich ein paar Gemeinsamkeiten. Wir sind damals beide weggegangen, wir haben unser Ding gemacht und sind viel rumgekommen. Ich hatte eh nichts vor gestern. Also konnte ich sie auch zum Essen einladen.«

»Außerdem sieht sie immer noch ziemlich gut aus«,

ergänzte Püppi. »Ich muss schon sagen. Ich meine, wir haben ja alle Federn gelassen. Aber dafür macht sie echt noch eine Menge her.«

»Wo hast du denn Federn gelassen?«, neckte Jens ihn. »Du siehst doch aus wie mit zwanzig.«

»Hör auf damit! Ich bin in festen Händen.«

Sie kicherten und nahmen kräftige Schlucke Glühwein.

»Zwischen Karen und Marit läuft es allerdings gar nicht rund«, meinte Bent. »Irgendwas muss passiert sein, was auch immer. Karen wohnt im Hotel. Das ist schon merkwürdig, oder? Und sie versucht, ihre Besuche bei Marit möglichst kurz zu halten. Das ist eher eine Pflichtveranstaltung für sie.«

»Da ist eben der Wurm drin, in der ganzen Familie«, sagte Püppi. »Kein Wunder nach der Sache damals, wenn du mich fragst. So was überstehen die wenigsten Familien.«

»Nach welcher Sache?«, fragte Bent.

»Na, die Sache mit Enno.«

Enno. Der Name kam Bent vage vertraut vor. Doch vielleicht täuschte er sich auch.

»Wer ist Enno?«, fragte er.

»Karens großer Bruder. Er muss ungefähr in eurem Alter gewesen sein. Jahrgang sechsundsechzig.«

»Den kenn ich nicht. Was ist mit ihm?«

»Er ist gestorben. Weißt du das nicht mehr? Das war doch überall in Husum Thema. Als er vierzehn war. Er ist auf der Deichstraße vor ein Auto gelaufen. Wie's aussieht, hat er schlichtweg nicht aufgepasst. Hat das Auto nicht gesehen. Im Krankenhaus haben sie noch versucht, ihn zusammenzuflicken. Doch seine Verletzungen waren zu schwer. Es war ein ziemlicher Schock für alle. Das muss neunzehnhundertachtzig gewesen sein. Oder einundachtzig.«

Enno. Jetzt erinnerte Bent sich. Enno Peters. Er war aufs Gymnasium gegangen und nicht wie Bent auf die Realschule. Daher kannte er ihn nicht persönlich. Die Nachricht vom Todesfall hatte sich in Husum wie ein Lauffeuer verbreitet. Auch bei ihm und Jens hatte die Geschichte damals Unbehagen hinterlassen. Der Junge war in ihrem Alter gewesen. Es war das erste Mal, dass der Tod in ihr Leben eingedrungen war.

Das war also Karens Bruder gewesen? Und Marits Sohn?

»Warum weiß ich das nicht?«, fragte er verwundert. »Ich bin doch ständig bei Marit. Keiner hat mir was davon gesagt.«

Seit er nach Husum zurückgekehrt war, hatte er so viel Zeit mit Marit verbracht. Alle wussten es, sein gesamter Freundeskreis. Da hätte ihm doch jemand mal etwas sagen können.

»Wahrscheinlich sind alle davon ausgegangen, dass du es weißt«, meinte Püppi. »Jeder weiß das, der Marit kennt. Man redet halt nicht drüber.«

»Wusstest du es denn auch?«, fragte Bent Jens.

»Schon.« Er sah schuldbewusst zu Boden. »Ich wusste, dass ihr Sohn gestorben ist. So wie ihr Exmann auch tot ist. Ich bin nicht auf die Idee gekommen, das noch mal zu betonen. Irgendwie bin ich davon ausgegangen, du weißt es auch.«

Bent machten diese Neuigkeiten betroffen. Marit

war so etwas wie seine Ersatzmutter geworden, nachdem er seine Mutter verloren hatte. Keinen Moment hatte er geglaubt, dass es umgekehrt genauso sein könnte. Er war genauso alt wie Enno. Wenn der nicht als Kind gestorben wäre, dann wäre er heute ebenfalls Mitte fünfzig.

»Marit wirkt einfach wie ein nette ältere Dame«, sagte Püppi. »Immer freundlich, immer für einen Schwatz zu haben. Aber das täuscht. Sie hat sich nie vom Tod ihres Sohnes erholt. Bis heute nicht. Sie kann es nur besser verbergen als früher.«

»Ist deshalb ihre Ehe in die Brüche gegangen?«

Bent hatte das Thema natürlich nie angesprochen. Auch Marit war sehr zurückhaltend, was ihre gescheiterte Ehe anging. Bent fand einfach, das gehe ihn nichts an. Es war Marits Privatsache, weshalb sie geschieden war.

»Es gibt viele Ehen, die nach dem Tod eines Kindes kaputtgehen«, sagte Püppi. »Sicher ist es nicht leicht, gemeinsam zu trauern. Und irgendwann kann man dann vielleicht gar nicht mehr miteinander reden. Muss hart gewesen sein.«

»Wer weiß schon, woran es lag«, meinte Jens. »Männer und Frauen trauern unterschiedlich.«

»Für Marit war es jedenfalls hart. Ich weiß noch, wie meine Mutter mit mir an der Hand die Straßenseite gewechselt hat, wenn Marit uns entgegenkam. Sie wusste nicht, wie sie dieser Frau entgegentreten sollte. Was sie zu ihr sagen sollte. Lieber ist sie ihr aus dem Weg gegangen. Und sie war bestimmt nicht die Einzige, die Marit so behandelt hat.«

Schweigen breitete sich zwischen den Männern aus. Rundherum lachten und tranken die Leute weiter. Kitschige amerikanische Weihnachtsmusik wehte herüber. Doch Bent dachte nur an Marit und an den Jungen, den sie verloren hatte.

Eine laute, energische Kinderstimme machte sich bemerkbar.

»Papa! Verdammt, wo bleibst du?«

Marie war im Engelskostüm aufgetaucht und starrte Jens durch ihre dicken Brillengläser wütend an.

»Es ist schon losgegangen, Papa!«

Jens leerte eilig seinen Glühwein und drückte Bent den Becher in die Hand. Dann warf er seine Zigarettenkippe weg und trat sie aus.

»Die Pflicht ruft«, sagte er. »Ich muss los. Wir sehen uns, Jungs.«

»Ich muss auch zurück zum Stand«, entschuldigte sich Püppi. »Sonst krieg ich Ärger.«

Bent, noch immer nachdenklich, brachte die Becher zurück zum Glühweinstand. Alle drängten bereits auseinander, als sich Püppi mit einem lauten »Hey!« bemerkbar machte. Bent und Jens drehten sich um.

»Frohe Weihnachten!«, sagte er mit einem schiefen Grinsen.

Das wünschte Bent ihnen auch, Jens zeigte den erhobenen Daumen, dann trennten sich endgültig ihre Wege.

Die Neuigkeiten tauchten alles in ein anderes Licht. Der Weihnachtsmarkt mit den verführerischen Düften und der besinnlichen Musik, sein gemütlicher

Kumpel Jens und dessen lustige, freche Töchter, die plaudernden und lachenden Gruppen, die den Beginn ihrer Weihnachtsferien feierten, alles fühlte sich seltsam unwirklich an, wenn er an das Schicksal der Familie Peters dachte. An ihren Verlust. Es war wie eine Gegenwelt, in der die Abgründe des Lebens unsichtbar wurden.

Als er so in Gedanken versunken seine Vespa aufschloss und den Helm aus dem Stauraum unterm Sitz hervorholte, entdeckte er die Tüte vom Außenhafen. Marits Hering. Den hatten sie völlig vergessen, als sie sich nach ihrem Ausflug getrennt hatten.

Er sah zur Uhr. Ob Marit schon ihr Abendessen vorbereitet hatte? Sicher schmeckte Labskaus auch ohne die Beilage. Doch wollte Bent plötzlich unbedingt, dass Marits vorgezogenes Weihnachtsessen so perfekt wäre, wie sie es sich gewünscht hatte.

Er beschloss, kurzerhand zu ihrer Kate zu fahren und den Hering vorbeizubringen. Wenn er Glück hatte, war er noch nicht zu spät und sie hatten noch nicht gegessen.

Die Luft roch nach Frost, als er aus der Stadt hinausfuhr. Es war dunkel und sternenklar. Der Nebel hatte sich gänzlich verzogen. Sicher würde es in dieser Nacht sehr kalt werden. Die erste richtige Frostnacht stand bevor.

Draußen im Marschland leuchteten mit Lichterketten geschmückte Nadelbäume in der Dunkelheit. Bent knatterte einsam mit seiner Vespa über menschenleere Straßen. Auch vor Marits Kate leuchtete ein geschmückter Baum. Hinter den Sprossenfenstern war gedämpftes Licht. Es wirkte gemütlich und einladend wie immer. Nichts deutete auf die Tragödie hin, die sich hinter diesen Fenstern abgespielt hatte.

Er stellte die Vespa vor der Hoftür ab und holte den Hering heraus. Durch das halb beschlagene Küchenfenster sah er Marit und Karen am Küchentisch sitzen. Die Körpersprache war eindeutig. Karen hatte die Arme verschränkt und wirkte abweisend, während Marit auf sie einredete. Sicher war es für beide nicht einfach, aus ihren Mustern auszubrechen.

Bent klingelte, und kurz darauf tauchte Marit auf. Mit einem schiefen Lächeln hielt er ihr die Tüte entgegen.

»Der Hering!«, rief Marit entzückt. »Dann gibt es ja doch noch Labskaus, so wie es sein muss.«

»Ihr habt also noch nicht gegessen? Ein Glück.«

Karen tauchte ebenfalls auf und blickte ihn verwundert an.

»Bent, bist du das? Das ist nett, dass du extra vorbeikommst. Wir haben den Fisch ganz vergessen, was?«

»Ich habe ihn gerade entdeckt, als ich nach Hause wollte. Da bin ich eine kleine Schleife gefahren.«

»Komm doch kurz rein«, sagte Marit, die freudig die Tüte entgegennahm. »Wenn du Lust hast, kannst du auch mit uns essen. Es ist genug da.«

Bent wollte jedoch auf keinen Fall stören. Die beiden sollten ihr Weihnachten zusammen feiern. Die wenige Zeit, die sie füreinander hatten, sollten sie für sich haben. Das wollte er keiner von beiden nehmen, egal, wie schwierig es für sie sein mochte.

»Das ist sehr nett, Marit. Aber ich habe noch was

vor. Ich werde euch mal lieber allein lassen. Habt einen schönen Abend.«

Er hatte sich bereits abgewandt, doch Marit hielt ihn zurück.

»Wenigstens für ein Glas Punsch«, insistierte sie. »So viel Zeit muss sein.«

»Ja, komm doch kurz rein«, stimmte Karen zu. »Wo du schon extra hergefahren bist. Wir würden uns sehr freuen.«

Unschlüssig sah er von einer zur anderen. Beide meinten das Angebot aufrichtig, das konnte er erkennen. Sie wünschten sich wirklich, dass er blieb.

Vielleicht für eine halbe Stunde, sagte er sich. Danach konnte er sie immer noch allein ihr vorgezogenes Weihnachten feiern lassen.

»Also gut. Gern auf ein Glas Punsch«, sagte er und trat in die warme, duftende Stube.

Kapitel zehn

Als Karen am nächsten Morgen in ihrem Bett erwachte, war es noch dunkel. Sie räkelte sich ausgiebig und kuschelte sich in ihre Decke. Die vielen kleinen Weihnachtslichter im Hafen warfen einen rosafarbenen Schimmer in ihr Hotelzimmer. Sie sah auf die Uhr. Es war halb acht.

Der Gedanke an den vergangenen Abend brachte sie zum Lächeln. Bent, der anfangs nur auf ein Glas Punsch dazugekommen war, hatte letztlich so selbstverständlich mit ihnen gefeiert, als wäre er ein Teil der Familie. Und für Karen hatte es sich auch tatsächlich so angefühlt.

Anfangs hatte sich Karen regelrecht an das Gespräch mit ihm geklammert, aus lauter Erleichterung darüber, nicht mit Marit allein sein zu müssen. Aber ihre Mutter wirkte wie verändert in seiner Gegenwart. Sie war nicht mehr so fixiert auf alles, was Karen tat oder sagte. Bent hatte sie beide lockerer werden lassen. Marit wirkte entspannt, und es war zu Karens Überraschung wirklich nett, mit ihr zusammen zu sein. Was sie erzählte, war interessant, und wenn sie einen Witz machte, konnte Karen sogar darüber lachen. Bent war wie ein Katalysator. Es gelang ihm irgendwie, all das Ungute, was zwischen ihnen immer mitschwang, aus der Luft zu filtern. Während des Essens, es gab nun doch Marits berühmtes Labskaus mit Hering und Gurken, redeten sie über das Leben in Berlin und Frankfurt, über vergangene Zeiten in Nordfriesland, über Bauerngärten und Vorratskammern, über das Meer und das Fischen, über Kindheitsausflüge nach Nordstrand und Sylt. Alles war ungezwungen gewesen, und auch Bent schien sich dabei wohl gefühlt zu haben.

Nach dem Essen waren sie spontan Bents Idee gefolgt, zum Marktplatz zu fahren, um sich die Aufführung der Schulkinder in der Marienkirche anzusehen. In einer völlig überfüllten Kirche hatten Karen und Marit hinten neben der Tür gestanden, aneinandergedrängt und umringt von stolzen Eltern und Verwandten. Am Ende hatten sie sogar mitgesungen. »Stille Nacht, heilige Nacht«. Marit hatte ein bisschen mit den Tränen kämpfen müssen, doch auch das war Karen nicht unangenehm. Im Gegenteil. Es war ein rundum schöner Abend gewesen.

Sie warf die Decke zur Seite und stellte sich ans Fenster, die nackten Füße auf dem weichen, warmen Teppich. Es hatte gefroren in der Nacht. Zarter Raureif lag über den Bäumen und auf den Häuserdächern. Auch die Masten und Seile der Segelschiffe glänzten winterlich weiß. Über der Nordsee war der Himmel noch tiefschwarz, doch von Osten wurde er langsam hellblau.

Karen öffnete das Fenster und atmete die kalte Frostluft ein. Es duftete so sehr nach Winter und Frost und Weihnachten, dass sie das Fenster erst wieder schloss, als sie am ganzen Körper schlotterte. Dieses vorgezogene Weihnachten war das beste seit Jahren.

Es war an der Zeit, zu duschen und den Koffer zu packen. Seltsamerweise erfüllte sie der Gedanke mit Traurigkeit. Dabei hatte sie doch geglaubt, sich auf die Rückfahrt zu freuen.

Nach der heißen Dusche nahm sie ihre Reisetasche und stellte sie aufs Bett. Da klingelte ihr Handy. Es war Hannah, ihre Tochter.

»Hallo Mama«, sagte sie. »Bist du noch in Husum?«

»Im Moment noch, ja. Ich fahr gleich kurz zu Oma, und dann mache ich mich auf den Weg zurück nach Berlin. Ich hoffe, die Autobahn ist heute einigermaßen frei.«

»Dann kommst du wirklich heute zurück? Du bleibst Weihnachten nicht in Husum?« Hannah zögerte. »Mama, soll ich nicht auch nach Hause kommen? Jonas und ich? Dann können wir gemeinsam Heiligabend feiern.«

»Aber du bist doch bei deinem Vater. Wie jedes Jahr.«

»Schon. Aber wenn du willst …«

»Unsinn. Wir machen alles wie geplant.«

Hannah räusperte sich, schien für das, was sie nun sagen wollte, innerlich Anlauf nehmen zu müssen. »Ich habe mit Papa gesprochen. Wenn du möchtest, bist du herzlich eingeladen. Seine Freundin hat auch nichts dagegen. Wirklich nicht. Lass uns den Abend doch alle zusammen verbringen, bitte.«

»Das kommt überhaupt nicht in Frage. Du nimmst alles viel zu ernst. Ich freue mich auf mein Sofa. Und auf meine Romane. Du brauchst dir wirklich keine Sorgen um mich zu machen.«

»Wie du meinst, Mama ...«

»Ich meine. Ganz sicher.«

»Also gut. Wie ist es denn so in Husum?«

»Nett. Wirklich. Sehr nett sogar.«

Das musste sich idiotisch anhören, doch Hannah hinterfragte es nicht weiter. Sie freute sich für Karen.

»Dann bleib einfach da«, sagte sie begeistert. »Das wäre doch ideal.«

»Besser nicht«, lachte Karen. »Man soll das Glück nicht zu sehr herausfordern. Wie auch immer. Mach dir um mich keine Gedanken, Hannah, bitte. Feiere Weihnachten mit deinem Vater, geh auf diese Party, mach es dir schön.«

»Also gut. Und nach Weihnachten, Mama, da unternehmen wir was mit Jonas, ja? Er möchte dich auch kennenlernen.«

»So machen wir es. Frohe Weihnachten, liebe Hannah. Hab eine schöne Zeit.«

»Du auch. Frohe Weihnachten, Mama.«

Nach dem Telefonat packte Karen ihre Reisetasche. Seltsamerweise wurde ihr dabei ganz schwer ums Herz. Sie wollte noch nicht Abschied nehmen von Husum. Es waren wirklich schöne Tage gewesen. Das sollte noch nicht vorbei sein.

Zum größten Teil lag das natürlich an Bent, wie sie

sich insgeheim eingestand. Sie genoss es einfach, mit ihm zusammen zu sein, mochte seine geerdete und ausgeglichene Art. Er strahlte so viel Ruhe aus. Und Stärke. Doch ihr Urlaub war vorbei. Besser, sie dachte gar nicht länger darüber nach. Sie lebte nun einmal in Berlin, und dabei sollte es auch bleiben.

Sie ging hinunter in den Frühstückssaal, um schnell einen Kaffee zu trinken und ein Croissant zu essen, bevor sie aufbrach. Wenn sie ihren abschließenden Besuch bei Marit gemacht hatte, ginge es von dort auf die Autobahn nach Berlin.

Nach dem Kaffee blieb noch etwas Zeit. Zurück im Zimmer, überlegte Karen, ob sie kurz Sanna anrufen sollte, die ihr gestern noch einige Male auf die Mailbox gesprochen hatte. Lust hatte sie zwar kaum dazu, doch da sie den Text schon gelesen hatte und wusste, wie sie Sanna weiterhelfen konnte, würde das sicher nicht allzu lange dauern. Und dann hätte sie die Sache hinter sich gebracht und konnte die Weihnachtsferien beginnen lassen. Die Arbeit endlich für ein paar Tage ganz beiseiteschieben.

Sie bereute den Anruf allerdings sofort, als sie bemerkte, wie sauer Sanna war, dass Karen sich nicht früher gemeldet hatte.

»Ich sitze hier und warte«, beschwerte sie sich. »Du weißt doch, dass ich nicht eher was machen kann, bis wir über den Text gesprochen haben. Warum dauert das denn so lange, bis du ein Lebenszeichen von dir gibst?«

Karen schluckte ihre Wut hinunter. Statt Sanna den Kopf zu waschen, wie es angemessen gewesen wäre, begann sie, mit ihr über die Geschichte zu sprechen. Und natürlich brauchte das Telefonat dann doch mehr Zeit, als sie sich gewünscht hätte.

Als sie endlich auflegen wollte, sagte Sanna hastig: »Okay, wenn noch was sein sollte, melde ich mich. Ich schau mal, wie ich jetzt ins Schreiben reinkomme.«

»Ich feiere aber erst Weihnachten. Also … sei mir nicht böse, Sanna, aber ruf mich bitte in den nächsten Tagen nicht an, ja?«

»Das kann ich nicht versprechen. Ich muss erst sehen, wie's läuft.«

Das sagte sie mit so einer Bestimmtheit, dass Karen keine Antwort einfiel. Doch selbst ihr perplexes Schweigen schien Sanna zu verärgern.

»Ich meine, dafür bist du doch da, oder? Ohne dich schaff ich das nicht. Deshalb bist du meine Agentin. Das ist doch dein Job.«

Karen fühlte sich wie schockgefroren. Etwas schnippisch wünschte Sanna ihr ein frohes Fest, dann war das Gespräch beendet, und Karen blieb erstarrt auf ihrem Hotelbett zurück.

Das war es also. Sie war wieder mittendrin in ihrem Berliner Alltag. Dabei hatte sie gedacht, die letzten Tage hätten ihr gezeigt, dass sie mehr auf sich selbst hören musste. Dass ihre eigenen Bedürfnisse wichtig waren. Die Schönheit der Nordsee und des Deichvorlands, das leckere Essen, das Bent für sie gekocht hatte, das gemächliche und entspannte Tempo der letzten Tage, das alles hatte Sanna mit einem Telefonat weggewischt. Und wieder war es Karen nicht gelungen, Grenzen zu setzen. Wieder war sie nicht für sich selbst eingetreten. Das ärgerte sie am meisten.

Aufgebracht zog Karen den Reißverschluss der Tasche zu, warf sich den Wollmantel über und stapfte hinunter zur Rezeption, um auszuchecken. Eva war an diesem Morgen nicht im Dienst. Ihre Kollegin war ebenfalls höflich und professionell, doch bedauerte Karen, sich nicht verabschieden und ihr nochmals für die warme Unterkleidung danken zu können.

Auch von Bent hätte sie sich gern noch einmal verabschiedet, dachte sie, als sie mit der Tasche zu ihrem Fiat 500 ging. Am liebsten hätte sie noch einen Kaffee mit ihm getrunken, so wie sie es immer mit Marit machte, bevor sie nach Berlin fuhr. Doch wagte sie nicht, Bent zu fragen. Sie hatten schließlich beinahe die ganze Zeit miteinander verbracht. Obwohl sie sich vorher kaum kannten. Sie wollte seine Freundlichkeit nicht überstrapazieren.

Nachdem sie die Tasche in den Kofferraum verfrachtet hatte, ließ sie den Blick wehmütig über den Hafen schweifen. Nach der Frostnacht wirkte alles wie im Winterschlaf. Nichts regte sich, nur ein paar Möwen flogen schreiend am Himmel. Sie stieß einen Seufzer aus, dann nahm sie ihren Schlüssel und öffnete die Tür.

In dem Moment ertönte ein vertrautes Knattern. Bent bog mit seiner Vespa um die Ecke und steuerte auf sie zu. Mit Lederjacke und Pilotenhelm. Karen konnte nicht anders, als ihm strahlend entgegenzulaufen.

»Bent! Das ist ja eine Überraschung«, rief sie, als er neben ihr zum Stehen kam. »Was machst du hier?«

Er zog den Helm ab und grinste. »Ich wollte dich noch mal sehen. Mich richtig verabschieden. Da hab ich ja Glück gehabt, dass ich dich noch treffe.« Voller Bedauern fügte er hinzu: »Schade, dass du schon fährst.«

»Ja, finde ich auch.«

»Du willst also wirklich nach Berlin zurück?«

»Was denn sonst? So lange wie diesmal war ich seit Jahren nicht in Husum.«

»Aber heute ist Heiligabend. In Berlin wartet niemand auf dich.«

»Nein, das nicht. Aber ich habe genug zu lesen. Ich werde es mir gemütlich machen. Du feierst mit Marit, oder?«

»Bei mir im Gasthof, ganz richtig. Ich koche ein bisschen was. Wir werden essen und reden, und später wollen wir noch zur Mitternachtsmesse nach Schobüll, du weißt schon, das Kirchlein am Meer.«

Karen lächelte traurig. Das hörte sich nach einem stimmungsvollen, schönen Abend an. Viel besser jedenfalls, als allein in Berlin auf dem Sofa herumzusitzen. Dabei war es vor drei Tagen noch ihr größter Wunsch für die Weihnachtstage gewesen.

Bent schien ihre Gedanken zu lesen.

»Bleib doch einfach hier«, schlug er vor. »Du hast keine Verpflichtungen. Feier mit uns Weihnachten. Essen ist genug da.«

»Also, ich weiß nicht …«

»Was spricht dagegen?«

»Wir sollten zuerst Marit fragen.«

»Wieso das denn?«

»Schließlich habt ihr den Abend anders geplant. Marit ist das vielleicht gar nicht recht.«

»Marit soll das nicht recht sein? Bist du verrückt? Du würdest ihr eine Riesenfreude damit machen. Sie freut sich doch, wenn du da bist. Erst dann wäre Weihnachten für sie perfekt.« Er blickte sie auf seltsame Weise an. »Und mir würdest du auch eine Freude machen.«

Karen spürte die Hitze in ihrem Gesicht. Bent wollte sie ebenfalls nicht ziehen lassen. Ihm ging es wie ihr. Auch er wollte nicht, dass diese Tage für sie beide schon vorüber wären.

Karen fragte sich, ob das eine gute Idee war. Allerdings – und sie wusste nicht, ob das an Bent lag – verstanden sich Marit und sie so gut wie lange nicht. Außerdem würden sie auf neutralem Boden feiern. Nicht in Marits Kate, sondern in seinem Gasthof. Warum sollte es also nicht funktionieren?

»Gut«, sagte sie und lachte. »Meinetwegen.«

»Das heißt, du bleibst hier?«

»Wenn ihr mich noch haben wollt, gern.«

Bent umarmte sie stürmisch, was beide ein wenig verlegen machte.

»Ich werde nachfragen, ob ich mein Hotelzimmer um eine Nacht verlängern kann.«

»Dann sage ich Marit Bescheid. Die freut sich bestimmt.«

Er setzte den Helm auf und startete den Motor.

»Ach, Bent. Eines allerdings …«

»Was denn?«

»Ich habe kein Geschenk für dich.«

»Tja. Das ist wirklich dumm«, sagte er mit breitem Grinsen. »Denn ich habe ein Geschenk für dich.«

Dann ließ er trötend die Hupe ertönen und fuhr über das Kopfsteinpflaster davon. Karen sah ihm lächelnd nach, bis er hinterm Hafen verschwand.

Stille legte sich wieder über die weiße Frostlandschaft. Nun würde sie also Weihnachten in Husum verbringen. Erstaunt bemerkte sie, wie sehr ihr der Gedanke gefiel. Sie atmete tief die eisige Luft ein, dann kehrte sie zurück ins Hotel.

Kapitel elf

Karen fuhr mit ihrem Fiat hinaus zu Bents Gasthof. Die Luft war glasklar und roch nach Frost. Nur dort, wo das schwache Sonnenlicht hingelangte, löste sich der Raureif auf und glitzerte im Licht. Im Schatten jedoch leuchtete er weiterhin bläulich weiß.

Sie freute sich auf den gemeinsamen Abend, was sie selbst ein wenig erstaunte. Schließlich war es lange her, dass sie sich auf einen Abend mit Marit gefreut hatte. Doch trotz aller Probleme, die sie miteinander haben mochten, war Marit ihre Mutter. Es gab dieses Band zwischen ihnen, egal, wie kompliziert es war. Und wenn Bent dabei helfen konnte, dass sie miteinander auskamen, dass sie einen schönen Abend zusammen verbringen konnten, einen Abend ohne vergiftete Atmosphäre, dann war das etwas Gutes.

Karen wurde bewusst, wie sehr sie sich auch auf Bent freute. Sie versuchte, nicht zu viel darüber nachzudenken. Schon gar nicht, wohin das überhaupt führen sollte. Sie wollte einfach genießen, mit ihm zusammen zu sein.

Es legte sich bereits weihnachtliche Ruhe über die

Stadt. Die letzten Besorgungen wurden gemacht, doch nach und nach leerten sich die Straßen. Am Stadtausgang wurde Karen von der weiten Landschaft empfangen, und da dauerte es nicht mehr lange, bis der kleine Gasthof vor ihr auftauchte.

Bent erwartete sie bereits. Er stand unter dem steinernen Rundbogen seines Eingangs und winkte ihr entgegen. Der Hausherr vor seinem Märchenschloss. Er trug ausgeblichene Jeans und einen Wollpulli. Fehlte nur noch die Katze auf seinem Arm, dachte Karen. Mehr Gemütlichkeit hätte das Bild nicht ausstrahlen können.

»Ich habe überhaupt nichts mitgebracht«, entschuldigte sie sich, als sie die Autotür hinter sich zuwarf. »Nicht einmal Wein. Das kam einfach zu plötzlich.«

»Essen und Trinken ist wirklich mehr als genug da. Komm rein. Ich habe zur Feier des Tages den Kamin im Gastraum angemacht.«

Drinnen leuchtete bereits der Weihnachtsbaum. Auch der Tisch in der Ecke war eingedeckt. In einem hohen, in der Wand eingelassenen Kamin brannte ein Holzfeuer, das eine angenehme Wärme ausstrahlte. Karen legte ihren Mantel ab.

»Seit wann bist du denn schon hier?«, fragte sie.

»Ich wohne hier. Wusstest du das nicht?«

»Wo denn? Hast du eine Kammer hinter der Küche?«

»Mit einem Feldbett, meinst du? Nein, ganz so schlimm ist es nicht. Ich wohne unterm Dach. Der Dachstuhl ist ausgebaut. Die Deckenhöhe lässt etwas zu wünschen übrig, aber Platz ist genug.«

Vorn am Hausgiebel gab es winzige Fensterchen im Obergeschoss, außerdem ein Türchen mit einem Flaschenzug, wo in vergangener Zeit ein Speicher gewesen sein musste. Karen wäre gar nicht auf die Idee gekommen, dass dort eine Wohnung sein könnte.

»Komm, ich führ dich rum«, sagte Bent. »Dann siehst du, wie ich lebe.«

Er trat durch eine Schwingtür hinterm Tresen, wo eine steile Holztreppe hinaufführte. Die Stufen knarrten laut unter ihren Tritten.

»Ich habe sogar ein Gästezimmer. Da hätten wir dich untergebracht, wenn im Hotel kein Zimmer mehr frei gewesen wäre.«

»Im Hotel sind am Heiligabend nicht viele Betten belegt. Ich konnte sogar mein Zimmer behalten und musste nicht umziehen.«

»Eigentlich schade. Die Idee hätte mir gefallen.«

»Das ist ja viel besser als das Hotel«, sagte Karen verwundert, als sie oben angelangt waren. Die Decken waren tatsächlich niedrig, und dicke Eichenbalken ragten quer durch die Räume. Doch hatte Bent alles mit viel Geschmack und Sinn für Schönes eingerichtet. Ein bunter Mix aus alten Holzschränken und modernen, in gedeckten Farben gehaltenen Möbelstücken. Die kleinen Sprossenfenster wirkten behaglich, doch wegen weiterer, nachträglich im Dach eingelassener Fenster war es trotzdem hell und freundlich.

Bent erzählte von den Umbauarbeiten und woher er die alten Möbelstücke hatte. Doch Karen hörte kaum zu. Sie blickte sich begeistert um. Insgeheim bedauerte sie nun, im Hotel geblieben zu sein.

Gerade wollte Bent ihr das Gästezimmer zeigen, da stieß sie sich den Kopf an einem Balken.

»Autsch!«, rief sie und fasste sich an den Kopf.

Bent war sofort bei ihr. »Ach, das tut mir leid. Man muss hier wirklich vorsichtig sein. Lass mal sehen.« Er betastete sorgsam ihren Kopf und legte ihr die Hand auf die Schulter. »Man sieht nichts. Tut es weh?«

Nein. Es tat überhaupt nicht weh. Und wenn, würde sie trotzdem nichts spüren. Ihre Blicke trafen sich. Wieder war diese Energie zwischen ihnen. Nichts anderes schien eine Rolle zu spielen.

»Hallo!«, dröhnte eine Stimme von unten. »Keiner da?«

Sie blickten sich erschrocken an. Es war Marit, deren Singsang durchs Haus drang: »Ich bin's. Halloho.«

»Du lieber Gott!«, sagte Bent. »Jetzt wären wir fast von deiner Mutter erwischt worden.«

Sie lachten beide drauflos. Bent trat zurück. Er strich ihr zärtlich über den Arm und wies sie in Richtung Treppe. »Komm mit«, sagte er. Wir haben genug Zeit, hörte sie da mitschwingen. Wir müssen nichts überstürzen.

Marit stand im Mantel unten im Gastraum, mit einem in ein Tuch eingeschlagenen Brot im Arm.

»Ich habe Karen das Haus gezeigt«, sagte Bent. »Aber jetzt, wo du da bist, würde ich sagen, verlegen wir uns in die Küche. Fangen wir mit dem Kochen an.«

Marit lächelte ihre Tochter an, und ehe Karen sich versah, hatte sie ihre Mutter umarmt. Beinahe verlegen trat sie zurück.

»Kommt schon«, sagte Bent gutgelaunt. »Ihr seid schließlich zum Arbeiten hier.«

Marit legte ebenfalls den Mantel ab, dann folgte sie den beiden in die Küche. Alles war blitzblank und unberührt. Schwaches Sonnenlicht fiel durchs Fenster herein. Bent machte sich daran, Lebensmittel aus dem Kühlschrank zu holen und auf die Arbeitsfläche zu stellen. Marit legte derweil ihr eingeschlagenes Brot auf den Tisch.

»Was hast du da mitgebracht?«, fragte Bent.

»Oh. Das ist nichts«, antwortete sie ein wenig verlegen. »Nur … falls wir einen Tee trinken. Es ist ja noch lange hin bis zum Abendessen.«

»Jetzt zeig schon.«

Bent schnappte sich das Tuch und zog es zur Seite. Es war ein Apfelbrot. Genau wie Karens Vater es immer gebacken hatte. Diese schöne Tradition aus ihrer Kindheit, die mit Ennos Tod vorbei gewesen war. Apfelbrot hatte es nach seinem Tod nie wieder gegeben. Auch nicht bei ihrem Vater, den Karen nach der Scheidung in den Ferien regelmäßig besucht hatte. Eines von so vielen Dingen, die mit Enno für immer aus ihrem gemeinsamen Leben verschwunden waren.

Marit war über ihren Schatten gesprungen und hatte nach all den Jahren ein Apfelbrot gebacken. Sie hatte das für ihre Tochter getan, das war Karen bewusst. Obwohl sie nicht gern an ihren Exmann zurückdachte. Trotz allem, was zwischen ihnen passiert war, rührte Karen diese Geste. Sie beugte sich über das Brot und atmete das Aroma ein.

»Es riecht genau wie früher. Danke, Mutter.«

»Ich hoffe nur, dass es auch genauso schmeckt.«

Bent trat zwischen sie und legte das Tuch wieder darüber.

»So, Finger weg. Es wird erst gearbeitet. Ihr könnt euch später darüber hermachen.«

Karen zwinkerte ihrer Mutter zu, dann schlug sie die Hände ineinander. »Also gut. Womit geht's los?«

»Das fragst du noch?« Bent grinste. Dann stellte er einen Eimer voller Krabben auf den Tisch. »Ihr könnt schon mal die Krabben pulen.«

»Du lieber Gott. Ob ich das überhaupt noch hinkriege?«

»Natürlich«, sagte Marit. »So was verlernt man nicht.«

Die beiden Frauen zogen sich Stühle heran und begannen mit dem Pulen. Ihre Mutter sollte recht behalten. Es war wirklich nicht schwer. Nach ein paar Krabben hatte Karen den Dreh wieder raus. Am Tisch zu sitzen und Krabben zu pulen war etwas, was sie stundenlang machen konnte. Sie überließ sich ganz dem immer gleichen Ablauf, sich eine Krabbe nach der nächsten vorzunehmen, was unglaublich beruhigend war, außerdem ließ sich dabei wunderbar plaudern.

»Rate, wen ich neulich am Außenhafen getroffen habe«, sagte Marit irgendwann, während sie sich einen neuen Stoß Krabben auf den Schoß hievte. »Erinnerst du dich noch an Ludwig Johannsen? Der Bekannte deines Vaters, der in Lübeck bei der Versicherung gearbeitet hat?«

»Onkel Ludwig? Die beiden waren oft zusammen angeln, richtig?«

»Genau der. Stell dir vor, er hat eine Freundin. Seit einem Jahr schon. Doch die beiden waren wie frisch verliebt. Sie kommt offenbar aus Frankfurt und ist für ihn nach Lübeck gezogen. Jetzt zeigt er ihr den Norden. Sie wollten noch nach Pellworm und nach Helgoland fahren.«

»Wie schön für ihn. Er ist ein netter Kerl.«

»Er konnte gar nicht aufhören zu strahlen. Und war stolz wie Oskar, als er mir seine Luise vorgestellt hat.«

»Tja, Marit«, meinte Bent gut aufgelegt, der am Spülbecken Gemüse wusch. »Dann ist es ja wohl höchste Zeit, dass du dir auch jemanden anlachst. Nimm dir ein gutes Beispiel an diesem Ludwig.«

»O Gott! In meinem Alter …«

»Was heißt denn in deinem Alter? Du bist doch erst vierundsiebzig.«

»Erst ist gut.«

»Bestimmt läuft irgendwo ein schnuckliger Vierundsiebzigjähriger herum, der nur auf dich wartet.«

»Oder ein Fünfundsiebzigjähriger«, lachte Karen. »Ich weiß ja, dass du findest, der Mann sollte älter sein als die Frau.«

Marit lief rot an und konzentrierte sich bemüht aufs Krabbenpulen. Sie war zu verlegen, um etwas zu sagen, wie Karen amüsiert feststellte.

»Ein Freund von mir arbeitet als Pfleger im Altenheim«, meinte Bent. »Wisst ihr, was er immer sagt? ›Das Wichtigste, worum es bei den Bewohnern geht, ist, wer was mit wem hat.‹ Ihr seht – das hört nie auf. Egal, wie alt wir werden.«

»Bis zum Altenheim ist es hoffentlich noch ein bisschen«, sagte Marit.

»Das hoffe ich auch, Mama.«

Marit lächelte. Es war lange her, dass ihre Tochter sie Mama genannt hatte. Karen wusste gar nicht, warum sie es nun tat. Es geschah ganz automatisch.

»Was machen die Krabben?«, fragte Bent. »Wenn ihr so weit seid, kann ich aus den Schalen einen Fond kochen.«

»Dann gibt es richtige Krabbensuppe, so wie früher?«, fragte Karen.

»Ich hoffe, sie schmeckt genauso. Wir werden sehen.«

Bent packte die Schalen in ein großes Sieb und wusch sie unter laufendem Wasser.

Aus dem Gastraum drang ein Poltern. Es klapperte und rumpelte, dann waren Stimmen zu hören.

»Mann, Papa! Pass doch auf, wo du hinläufst.«

»Pack du erst mal dcin Handy weg.« Diese Stimme erkannten sie sofort, sie gehörte Jens. »Und halt mir die Tür auf. Larissa!«

»Ja, ich mach ja schon. Meine Güte.«

Neben dem gelangweilten Tonfall des Teenagers drang eine schrille Mädchenstimme herüber. »Papa! Larissa hat mir voll in den Rücken geboxt.«

»Dann geh mir halt aus dem Weg, du Scheißtroll.«

»Du darfst so was nicht sagen. Papa, hast du gehört, was Larissa gesagt hat? So was darf die nicht sagen, oder?«

»Mädchen. Jetzt reißt euch mal ein bisschen zusammen. Wir sind hier nicht zu Hause.«

In der Küche blickten sich alle erstaunt an. Bent hob die Schultern, als wisse er auch nicht, was es damit auf sich habe. »Scheint, dass wir Besuch haben«, sagte er und stellte das Sieb ab, um nach nebenan zu gehen.

Doch da flog die Küchentür schon auf, und Jens trat mit seinen beiden Töchtern herein. Er hielt eine riesengroße Kasserolle in den Händen, die er mühsam zum Tisch hievte. Seine Töchter trugen Plastiktüten voller Frischhaltedosen. Während Marie ihre Tüte mit großer Anstrengung trug, ließ Larissa sie am Handgelenk baumeln und schenkte ihre ganze Aufmerksamkeit ihrem Handy.

»Ich hoffe, wir stören nicht«, begrüßte Jens die verwunderte Gruppe. »Unser Herd ist ausgefallen. Plötzlich Kurzschluss, und das war's. Wir wollen nur unser Zeug hier in den Ofen werfen. Wenn es fertig ist, ziehen wir wieder ab. Keine Angst, für Besinnlichkeit sorgen wir in unseren eigenen vier Wänden.«

»Wie kann denn dein Herd ausgefallen sein? Hast du den nicht selbst wieder hingekriegt?«

»Nein. Totalausfall. Der hat das Zeitliche gesegnet. Kannst du mir aushelfen, Bent? Es tut mir leid, aber ich wusste nicht, was ich sonst machen soll.«

»Ach, das macht doch nichts«, verkündete Marit. »Es ist genug Platz für alle. Kommt, Mädchen. Stellt die Tüten ab.«

Bent betrachtete erstaunt das Ungetüm von Kasserolle.

»Was gibt es denn bei euch Heiligabend zu essen?«

»Die Mädchen durften sich was aussuchen. Ich

habe versprochen, wenn sie sich ein Essen wünschen, ohne sich dabei in die Haare zu kriegen, dann koche ich das.«

»Und was habt ihr euch gewünscht?«, fragte Bent.

»Ente mit Rotkohl und Knödel«, sagte Larissa und lächelte zufrieden.

»Aber wenn es heute schon so festlich wird, was esst ihr dann erst morgen?«

Marie sprang freudig in die Luft. »Morgen gehen wir zu Kochlöffel!«

»So ist es vereinbart«, kommentierte Jens. »Ich hoffe, dass der morgen überhaupt geöffnet hat.«

»Kochlöffel!« Marie sprang durch die Küche. »Kroketten mit Senf! Und Hähnchen! Und Pommes!«

Während Marit sich darum kümmerte, dass die Kinder eine Limonade bekamen, heizte Jens den Ofen vor.

»Tut mir echt leid, Mann. Aber ich wusste nicht, was ich sonst tun sollte.«

»Schon in Ordnung. Wir sind gut in der Zeit. Außerdem brauchen wir den Ofen erst mal nicht.«

Nun wurde es lebendig in der Küche. Es musste für zwei Familien gekocht werden. Es wurde durcheinandergeredet, die Stimmung stieg, und schnell beschlugen die Fensterscheiben, hinter denen langsam die Sonne am Horizont verschwand.

Als die Ente im Ofen war und der Rotkohl köchelte, machte Marit Ostfriesentee und für die Kinder heiße Schokolade. Sie schnitt das Apfelbrot, und gemeinsam ging es nach nebenan in den Gastraum.

Sie machten es sich an dem großen Tisch vor dem

Feuer bequem. Bent legte Holz nach, während Marit alle versorgte. Es wurde warm und gemütlich in dem Gastraum.

»Was habt ihr euch denn zu Weihnachten gewünscht?«, fragte Marit, die Tee eingoss und Sahne reichte. Endlich sah Larissa von ihrem Handy auf.

»Ich hoffe ja, Papa schenkt mir ein neues iPhone. Das Achter will ich haben.«

»Natürlich meint Larissa den Weihnachtsmann«, stellte Jens nüchtern fest. »Der soll ihr ein iPhone schenken.«

Marie grinste daraufhin breit in die Runde. Doch keiner konnte sagen, was dieses Grinsen bedeuten sollte. Ihre großen Augen hinter den dicken Brillengläsern gaben auch keinen Aufschluss.

»Was soll dir denn der Weihnachtsmann bringen?«, fragte Marit freundlich.

»Ein Pony! Und ein Schminkset. Und Mia-Bücher.«

»Was sollen wir denn mit einem Pony bei uns in der Wohnung, Marie? Du hast hoffentlich dem Weihnachtsmann geschrieben, dass das nicht in unsere Wohnung passt. Oder willst du dein Zimmer räumen und im Keller schlafen?« Und an Larissa gewandt meinte er: »Außerdem finde ich, eine Dreizehnjährige braucht wirklich kein Handy für neunhundert Euro. Jetzt mal ehrlich, das muss nicht sein.«

»Aber alle in meiner Klasse haben ein iPhone. Und ich bin die Einzige mit so einem Billigding. Und dann ist auch noch mein Display voll Schrott.«

»Du musst eben ordentlicher mit deinen Sachen umgehen.«

»Mit einem iPhone würde ich ordentlich umgehen. Deshalb brauche ich ja eins.«

»Frag mal Marit, ob die findet, dass du ein Handy für neunhundert Euro haben musst.«

Doch Marit lachte nur drauflos und hob abwehrend die Hände. Karen merkte, wie sehr es ihrer Mutter gefiel, mitten in so einem lebendigen Haufen zu sitzen. Sie fragte sich, ob Marit sonst einsam sein mochte. Im Grunde wusste Karen nicht viel über das Leben, das ihre Mutter führte.

Der Rotkohl war fertig, doch brauchte die Ente natürlich noch Zeit zum Garen. In der wohlig warmen Gaststube wurden nun neben dem Apfelbrot Lebkuchen und Spekulatius gereicht. Jens zog sich den Pulli aus, unter dem er ein löchriges T-Shirt trug. Marie hatte sich bereits an Marit gekuschelt, und Larissa nahm nur noch sporadisch ihr Handy in die Hand.

»Das ist ein bisschen wie das Warten auf den Weihnachtsmann«, stellte Jens fest. »Wenn ihr was zu tun habt, lasst euch nicht von uns aufhalten.«

»Das meiste ist vorbereitet«, sagte Bent. »So lange können wir noch warten. Der Rest wird schnell gemacht sein.«

»Wisst ihr, womit wir uns früher immer die Zeit vertrieben haben, während wir auf die Bescherung gewartet haben?«, fragte Marit die Mädchen.

Karen konnte sich noch gut erinnern. Sie und Enno hatten unterm Weihnachtsbaum gesessen, und während draußen der Sturm am Dach der kleinen Kate rüttelte, während still die Kerzen brannten, hatte Marit Kinderpunsch für sie gekocht. Sie hatte dampfende Tassen verteilt, sich zu ihnen unter den Weihnachtsbaum gesetzt, ein dickes Buch hervorgezogen und …

»Ich habe früher immer die Weihnachtsgeschichte vorgelesen«, sagte ihre Mutter. »Nicht wahr, Karen? Wenn es draußen langsam dunkel wurde und alle auf die Bescherung warteten. Aber ich weiß gar nicht, ob die Kinder von heute so was noch interessant finden.«

»Doch! Lies uns was vor!«, bettelte Marie.

Also stand Marit auf, ging nach nebenan und holte ihr altes Buch hervor, das sie offenbar von zu Hause mitgebracht hatte. Anscheinend gehörte es für Marit einfach dazu, glaubte Karen. Wenn ihre Tochter über Weihnachten zurückgekommen war, dann musste diese alte Geschichte auch dabei sein. Eigentlich sonderbar. Denn dieses Buch war ebenfalls eines dieser Dinge gewesen, die mit Enno aus ihrer Welt verschwunden waren.

»Habt ihr alle noch heiße Schokolade?«, fragte Marit, die es sich mit dem Buch auf der Bank bequem machte.

Marie kuschelte sich sofort wieder an sie heran, und Marit setzte ihre Lesebrille auf und schlug mit großer Geste das Weihnachtsbuch auf. Karen musste lächeln. Das hatte sie schon als Kind fasziniert. Wenn Marit Geschichten vorlas, dann wirkte sie, als wäre an ihr eine Schauspielerin verlorengegangen. Sie liebte die Rolle der Märchenerzählerin.

»Ist das die Geschichte, wie Jesus auf die Welt kam?«, fragte Marie.

»Genau das ist sie. Und sie ist schon sehr, sehr alt. Deshalb hört sie sich zuerst ein bisschen komisch an. Aber da gewöhnt man sich ganz schnell dran.«

Sie beugte sich über das Buch und machte eine Kunstpause, in der sich Stille in dem festlichen Gastraum ausbreitete. Der Weihnachtsbaum glänzte in der Mitte des Zimmers, Kerzen brannten, und hinter den beschlagenen Scheiben legte sich die frostige Dämmerung übers Land.

»Es begab sich aber zu der Zeit«, begann Marit mit tiefer und einnehmender Stimme, »dass ein Gebot von dem Kaiser Augustus ausging, dass alle Welt geschätzt würde. Und diese Schätzung war die allererste und geschah zu der Zeit, da Quirinius Statthalter in Syrien war. Und jedermann ging, dass er sich schätzen ließe, ein jeder in seine Stadt.«

Karens Gedanken schweiften ab. Sie hörte nicht mehr, was ihre Mutter las. Sie sah nur noch das Bild Marits mit dem kleinen Mädchen, das an sie gekuschelt dasaß und lauschte. Die Atmosphäre von Geborgenheit und Nestwärme, die all das vermittelte. Es war das Bild einer liebevollen Mutter.

Karen spürte wieder diese namenlose Einsamkeit, die sie nach Ennos Tod erlebt hatte. Die Trauer und die Verlorenheit. Ein kleines Mädchen, das keinerlei Halt in der Welt zu haben glaubte. Plötzlich musste sie mit den Tränen kämpfen.

Bent, der dicht neben ihr auf der Bank saß, schien zu bemerken, dass etwas mit ihr nicht stimmte. Ohne den Blick von Marit zu wenden, nahm er ihre Hand in die seine. Das reichte, um sie zurückzuholen. Sie griff mit der freien Hand zu ihrer Teetasse und nippte daran. Wartete, dass Marit die Geschichte beendete.

Nachdem Marit das Buch zugeschlagen hatte, sagte sie zu den Kindern: »Ich habe die Geschichte auch irgendwo auf Plattdeutsch. So haben unsere Eltern sie uns früher vorgelesen. Aber das versteht ihr gar nicht mehr, oder?«

Bent versicherte sich mit einem Seitenblick bei Karen, dass alles mit ihr in Ordnung war.

»Wie wäre es mit einem Spaziergang?«, fragte er sie.

»Ich will aber nicht spazieren gehen!«, rief Marie, die sich ebenfalls angesprochen fühlte.

»Das musst du auch nicht«, meinte Jens. »Lass die beiden mal allein gehen.«

»Wenn ihr wollt, lese ich euch noch eine Geschichte vor«, sagte Marit. »Wie wäre es mit der Geschichte vom Mädchen mit den Schwefelhölzern?«

»O ja!«, rief Marie. »Noch eine Geschichte!«

Jens, der bemerkt hatte, dass Larissa zwar immer noch ihr Handy griffbereit hielt, jedoch widerwillig von Marits Stimme und der Atmosphäre gefangen genommen worden war, fragte seine Tochter hinterhältig: »Und Larissa? Was ist mit dir? Noch eine Geschichte?«

Sie warf ihm einen überlegenen Blick zu, dann zuckte sie mit den Schultern und sagte mit scheinbarer Gleichgültigkeit: »Meinetwegen. Ist mir egal.«

»Du musst nicht, wenn du nicht willst.«

»Nee. Ist okay.«

Jens schenkte Marit ein respektvolles Lächeln.

»Dann mach weiter, Marit. Das Mädchen mit den Schwefelhölzern.«

Während Karen ihren Mantel überwarf, blätterte Marit in ihrem Buch. Sie versicherte sich, dass alle noch mit heißem Kakao und Weihnachtsplätzchen versorgt waren, dann begann sie zu lesen: »Es war entsetzlich kalt; es schneite, und der Abend dunkelte bereits; es war der letzte Abend im Jahre, Silvesterabend.«

Bent führte sie schon leise vor die Tür, als Karen noch einen Blick zurück in den Gastraum warf, wo Marit im Glanz des Weihnachtsbaums saß. In den Gläsern ihrer Lesebrille spiegelten sich die zahllosen Lichter. Ihre Märchenerzählerinnenstimme schlug die Mädchen auch diesmal wieder in ihren Bann. Es duftete nach Zimt und Anis, Kerzen flackerten, über allem lag Frieden und Festlichkeit.

Mit der wiederaufkommenden Einsamkeit in ihrem Herzen wandte sie sich ab und folgte Bent nach draußen in die frostige Kälte.

Kapitel zwölf

Klare, eiskalte Luft empfing sie vor dem Gasthof. Die Sonne war bereits untergegangen, und in der Dämmerung fielen die Temperaturen wieder unter den Nullpunkt. Raureif breitete sich auf Gräsern und Ästen aus, und nebliger Dunst stieg über dem Marschland auf.

Vor ihnen lag der schmale, gepflasterte Weg, der zum Strand führte. Bent reichte ihr seinen Arm, und Karen hakte sich unter. Es war völlig windstill, das Meer führte Hochwasser, so dass vom Watt nichts zu sehen war. Am hohen Himmel flogen Möwen, und am Horizont türmte sich dunkel eine Wolkenwand auf, deren Ränder rosa im Licht der untergehenden Sonne leuchteten.

»Das war eine gute Idee, rauszugehen«, sagte Karen.

»Nicht wahr? Mal ein bisschen frische Luft schnappen ist gar nicht verkehrt.« Er warf ihr einen Seitenblick zu. »Es läuft doch ganz gut, oder?«

»Doch. Finde ich auch.«

»Die Kinder scheinen an Marit einen Narren gefressen zu haben.«

»Ja. Marit scheint es aber auch zu gefallen.«

Karen sog die kalte Luft ein. Sie duftete nach Frost und Meerwasser. Langsam verstand sie, was Bent meinte, wenn er sagte, dass diese Spaziergänge es waren, die ihm in Frankfurt und Zürich am meisten gefehlt hatten.

»Jens ist ein lustiger Typ«, meinte sie. »Und seine beiden Töchter sind auch nicht ohne.«

»Sie können ihm ganz schön auf der Nase herumtanzen. Aber wenn es drauf ankommt, dann sagt er, wo's langgeht. Auch wenn man das nicht denkt, er kann sich im Notfall gegen die beiden durchsetzen. Ich habe immer das Gefühl, er macht seinen Job als alleinerziehender Vater ganz gut.«

»Was ist eigentlich mit der Mutter?«

»Jasmin? Sie ist vor vier Jahren gestorben.«

»O Gott. Das wusste ich nicht.«

»Ja. Sie hatte Krebs. Es war eine schlimme Zeit. Sie hat gekämpft, das kannst du mir glauben. Aber der Krebs war tückisch. Er hat immer wieder einen Weg gefunden. Es war wirklich hart. Vor allem für die Mädchen, wie du dir vorstellen kannst.«

Karen schwieg. Natürlich war ihre Familie nicht die einzige, der das Leben einen schweren Schlag versetzt hatte. Von heute auf morgen war womöglich alles anders. Und das Glück, hatte sie gelernt, konnte ein sehr flüchtiger Zustand sein. Gerade war es noch da gewesen, und im nächsten Augenblick schien es für immer verschwunden.

»Die Mädchen haben eine gute Therapeutin gehabt, Gott sei Dank. Die hat ihnen geholfen, alles zu sortieren, was passiert ist. Ein Ventil zu finden für ihre Angst und ihre Trauer. Und für ihre Wut.«

Eine Therapie. So etwas hatte sie damals natürlich nicht bekommen. Sie wusste nicht einmal, ob es Kinder- und Jugendtherapie zu dieser Zeit schon gegeben hatte. Für Mädchen wie sie, denen auf einmal der Boden unter den Füßen weggezogen worden war. Oder ob jemand überhaupt gesehen hätte, dass sie so etwas gebraucht hätte. Wie bedürftig sie gewesen war.

Sie war in ein kaltes, dunkles Loch gefallen. War empfindungslos gewesen, wie erstarrt. Dann hatte sie sich verlassen gefühlt, völlig verloren. Keiner war da gewesen für sie. Ihre Eltern wirkten unendlich weit entfernt. Sie waren unerreichbar für Karen gewesen. Jeder hatte für sich allein getrauert, jeder hatte versucht, die Tragödie mit sich selbst auszumachen. Das war die Zeit gewesen, in der ihre Familie auseinandergebrochen war.

Heute versuchte Marit, das mit besonders viel Zuneigung auszugleichen. Ihre Mutter tat einfach so, als hätte es diese Zeit gar nicht gegeben. Aber so einfach war das für Karen nicht. Sie konnte das nicht verleugnen. Sie konnte ihre Rolle in dem Stück »heile Familie« nicht einnehmen.

Doch wer konnte heute schon sagen, was auch immer eine Therapie bewirkt oder nicht bewirkt hätte? In jedem Fall stand fest, dass die kleine Familie von Jens es besser überstanden hatte als die ihre. Sie waren zusammengewachsen, jedenfalls wirkte das so. Ganz im Gegenteil zu Karens Familie, die nach dem Unglück unaufhaltsam auseinandergebrochen war.

»Ich weiß, wie es ist, ein Kind zu sein und jemanden zu verlieren, der einem nahesteht«, sagte sie.

»Du meinst Enno.«

Karen wich von ihm ab. Er wirkte erschrocken und zerknirscht. Das war ihm so rausgerutscht, erkannte sie.

»Tut mir leid, Karen. Ich hätte dir sagen sollen, dass ich Bescheid weiß. Jens hat es mir gestern erzählt, auf dem Weihnachtsmarkt.«

Doch nach dem ersten Schreck beruhigte sie sich wieder.

»Ach, schon gut. Wir sind in Husum. Hier weiß ohnehin jeder Bescheid.«

Erneut hakte sie sich bei ihm unter. »Ja, ganz richtig«, stimmte sie ihm zu. »Wegen Enno.«

»Ich kann mich noch genau erinnern. Dein Bruder war auf dem Gymnasium, deshalb kannte ich ihn nicht direkt. Doch er war in meinem Alter. Deswegen war sein Tod auch für mich ein Schock. Nur wusste ich bis gestern nicht, dass er dein Bruder war.«

Sie holte Luft. Irgendwie glaubte sie, es Bent schuldig zu sein, ihm die Geschichte zu erzählen. Aus ihrer Perspektive.

»Als Enno …«, begann sie. »Als er …«

Die Salzwiesen lagen starr und unbewegt in der Dämmerung. Nichts rührte sich, alles wirkte wie eingefroren.

Wie sollte sie nur anfangen? Wie ließ sich, was geschehen war, erzählen? Auch noch bei einem Weihnachtsspaziergang, wo sie nur für ein paar Minuten allein waren? Das war doch unmöglich.

»Ist schon gut«, sagte Bent und legte den Arm und ihre Schultern. »Du musst nichts sagen.«

Schweigend gingen sie weiter. Eine Möwe schrie hoch über ihren Köpfen. Karen ließ den Blick über Wiesen, Zaunpfähle und Wassergräben schweifen. Es war, als sähe sie ihn vor sich, Enno, auf der anderen Seite des Grabens, wie er lachend dastand und die Arme ausbreitete, um sie aufzufangen. »Komm schon, Karen. Traust du dich zu springen?«

»Wie war das früher bei euch?«, fragte sie, um das Thema zu wechseln. »Weihnachten.«

Er lachte auf. »Es war der reinste Alptraum.«

»Du machst dich lustig.«

»Nein. Glaub mir, Weihnachten war jedes Jahr wieder für alle Beteiligten ein Spießrutenlauf. Alle standen so sehr unter Druck bei uns zu Hause. Schon Tage vorher. Und spätestens Heiligabend folgte dann die Explosion.«

»Und wie sah die aus, diese Explosion?«

»Meistens war es meine Mutter, die wegen irgendeiner Kleinigkeit ausflippte und herumschrie. Und sie konnte schreien, das sage ich dir. Da ist dir das Blut in den Adern gefroren. Dann saßen Ada und ich da, mit unseren Geschenken auf dem Schoß, über die wir uns gerade noch so gefreut hatten. Doch die Stimmung war so finster, dass uns die Freude im Hals steckenblieb. Nach dem Gewitter herrschte immer angespannte Ruhe, wo alle versuchten, sich möglichst unsichtbar zu machen. Ada und ich hätten wahrscheinlich nur zu gern die Geschenke gegen ein bisschen Familienfrieden eingetauscht. Wer freut sich noch über eine Carrera-Bahn, wenn die Atmosphäre so vergiftet ist?«

»Und was war mit deinem Vater?«

»Der war ganz hervorragend darin, sich aus allem rauszuhalten. Das machte meine Mutter dann noch wütender. Ich weiß auch nicht. Ich glaube, es war einfach alles zu überladen. Zu viel Stress, zu große Erwartungen. Und dann ist das Fass übergelaufen.«

»Trotzdem hasst du Weihnachten heute nicht?«

»Nein. Heute tut mir meine Mutter eher leid. Sie hat wohl genauso darunter gelitten wie wir. Sie konnte ihren eigenen Ansprüchen nicht gerecht werden. Was sie von früh auf im Leben gelernt hatte, war, Härte zu zeigen. Das lag an ihrer Kindheit und am Krieg. Und so ist sie dann allen Problemen in ihrem Leben begegnet, mit Härte. Auch dann noch, als das längst keine gute Überlebensstrategie mehr war. Sie konnte eben nicht aus ihrer Haut.«

Arm in Arm blieben sie stehen. Es war nicht mehr weit bis zum Meer. Die Brandung spülte ruhig und gleichmäßig auf den Strand. Das Bild vermittelte ein Gefühl für die Unendlichkeit. So wie heute Abend war die Brandung schon seit Ewigkeiten auf dieses Land getroffen, und es würde noch genauso sein, wenn sie alle längst fort wären.

Eine Weile sagte keiner etwas. Sie standen einfach da und schauten. Dann löste sich Bent aus ihrer Umarmung und stieß ihr in die Seite.

»Komm!«, rief er, und in seinen Augen blitzte der Junge von damals auf. »Wer zuerst am Wasser ist, hat gewonnen.«

Gleich darauf rannte er los, um den Überraschungsvorteil zu nutzen. Karen blieb einen Augenblick verdattert stehen.

»Du!«, rief sie und lachte. Dann lief sie ebenfalls los. Sie hatte überhaupt keine Kondition und auch nicht die passenden Schuhe für so etwas an. Bent verlangsamte jedoch sein Tempo und tänzelte herum, um sie spielerisch zu demütigen. Er wusste, dass sie keine Chance gegen ihn hatte. Und diesen Vorteil nutzte Karen. Als sie aufgeholt hatte, rammte sie ihn in die Seite, so dass er ins Gras fiel. Dann streckte sie ihm die Zunge raus und lief weiter. »Das ist unfair«, schrie er und rappelte sich auf. Doch Karen hatte gewonnen, sie war zuerst am Wasser angelangt.

Schwer atmend standen sie nebeneinander und lachten.

»Du hast gewonnen«, sagte Bent. »Ich muss aufpassen, dass ich dich nicht unterschätze.«

»Gut, dass du das endlich merkst.«

Sie sahen zum Horizont. Die Wolkenwand wurde größer. Es schien, als würde das ruhige Frostwetter nicht mehr lange anhalten.

»Meinst du, dass es Schnee geben wird?«, fragte Karen.

»Bestimmt. Das ist schließlich unser Weihnachten, oder?«

Ganz selbstverständlich legte sie den Kopf an seine Schulter und blickte übers weite Meer. »Ja«, sagte sie. »Das ist es.«

Kapitel dreizehn

Nachdem Jens mit seinen Töchtern wieder fort war, gingen sie erneut in die Küche hinüber, um das Abendessen zuzubereiten. Es war bereits dunkel geworden, und in dem abgeschiedenen Gasthof fühlte es sich wieder an, als wären sie allein auf der Welt. Karen setzte sich an den Tisch und putzte Rosenkohl. Bent hatte ihr zwar angeboten, das für sie zu übernehmen. Schließlich sollte Karen nicht allein diejenige sein, die alle Hilfsarbeiten übernehmen musste. Doch sie wollte es so. Sie sagte, es mache ihr nichts aus, ganz im Gegenteil, sie liebe es, die stupiden Fummelarbeiten zu übernehmen. Dabei könne sie am besten entspannen.

Marit stand derweil am Herd und rührte in einem großen Topf eine Mehlschwitze für die Krabbensuppe an. Sie löschte sie mit Fond ab, und eine duftende Dampfwolke stieg über dem Herd auf.

»Verrätst du uns, was für eine Krabbensuppe das wird?«, fragte Bent.

»Meine«, sagte sie und zwinkerte.

»Hört sich ja geheimnisvoll an.«

»Das ist es gar nicht. Ich mag sie gern ganz schlicht.«

»Früher gab es die bei uns ja ständig«, mischte sich Karen ein. »Aber ich habe schon ewig keine mehr gegessen.«

»Es wird auch nicht mehr so viel gekocht wie früher. Die Frauen sind heute berufstätig. Was ja etwas Gutes ist. Aber dadurch geht auch viel Wissen über die alten Kochtraditionen verloren.«

»Andererseits ist das gut für den Gasthof«, lachte Bent. »Hier können die Leute das bekommen, was sie aus ihrer Kindheit kennen. Ich will schließlich nicht nur Touristen bewirten.«

»Meine Mutter hat immer gesagt, es gibt so viele unterschiedliche Krabbensuppen, wie es Hausfrauen in Husum gibt«, sagte Marit. »Manche machen sie mit Kartoffeln und mit Fischfilet, andere mit Speck und Porree, manche nehmen auch Spargel und Erbsen. Weißwein oder Cognac oder Sahne und Majoran. Es hat auch immer mit den Jahreszeiten zu tun. Krabbensuppe ist nie gleich Krabbensuppe.«

Sie legte sacht den Deckel auf den Topf und nahm eine Schüssel, um ein wenig Sahne anzuschlagen.

»Was gibt es denn dazu?«, fragte Karen. »Außer dem Rosenkohl?«

»Das ist nicht einfach irgendein Rosenkohl. Warte ab. Dazu gibt es Schweinefilet mit Äpfeln und Backpflaumen. Die Pflaumen weichen gerade ein. Wenn du Lust hast, kannst du gleich die Boskopäpfel schälen und in Stücke schneiden.«

Bent holte einen kleinen Topf hervor und stellte ihn auf die Flamme. Für seine Honig-Chili-Butter ließ er

Butter darin schmelzen, in der er später den Rosenkohl schwenken wollte.

Eine herzhafte und fruchtige Winterspeise war genau das Richtige für Heiligabend, meinte er.

Marit blickte nachdenklich zum Fenster.

»Ob Jens das ganze Zeug heil nach Hause bekommen hat?«, fragte sie.

»Wollen wir hoffen, dass sich die Mädchen auf der Rückfahrt nicht in die Haare gekriegt haben. Sonst liegt jetzt eine Ente im Fußraum.«

»Dann hätten sie sich aber gemeldet.«

»Ich glaube auch«, sagte Bent. »Die hätten sich schon hier einquartiert, wenn was schiefgegangen wäre und sie nichts mehr zu essen hätten.«

Marit schien über Jens und seine Töchter nachzudenken. Als sie zu Bent aufsah, glaubte er, einen feuchten Schimmer in ihren Augen zu sehen.

»Es ist so schön zu sehen, wie sie zusammenhalten«, sagte sie. »Nach allem, was passiert ist. Findest du nicht?«

Ja, das taten sie tatsächlich, dachte er. Sie hielten zusammen. Das war etwas, das ihn ebenfalls beeindruckte.

»Es war eine harte Zeit für sie alle«, sagte er. »Das hat sie zusammengeschweißt.«

Bent warf einen Blick zu Karen, die schweigsam am Tisch saß und Rosenkohl putzte.

»Die Geschichte mit Jasmin …«, sagte Marit. »Weißt du, es hat so viel wieder aufgewühlt. Ich musste viel an die Zeit nach Ennos Tod denken. Du weißt sicher, dass Karen einen Bruder hatte?«

»Ja. Leider kannte ich ihn nicht persönlich.«

»Ihr hättet euch gemocht, Enno und du. Da bin ich mir sicher. Manchmal erinnerst du mich sogar ein bisschen an ihn.«

Karen sagte immer noch nichts, sie wirkte seltsam unbeteiligt.

»Es war auch so ein lustiger und verrückter Junge, genau wie du. Ich hätte zu gern gesehen, wie ihr zwei als Kinder miteinander gespielt hättet.«

Der Duft der Krabbensuppe erfüllte den kleinen Raum. Marit wandte sich zum Topf und schmeckte sie mit Zitronensaft und Cayennepfeffer ab. Bent sah zu Karen, doch die hockte unverändert am Tisch.

»Wenigstens hatten sie die Chance, sich von Jasmin zu verabschieden«, sagte Marit. »Bei Enno ging alles so schnell.«

Er wusste, was sie meinte. Bei Marits Sohn war es nur ein unbedachter Moment gewesen. Das Auto hatte ihn wie aus dem Nichts erfasst. Bent konnte sich nicht einmal vorstellen, was sie durchgemacht haben mussten.

»Er war schon nicht mehr bei Bewusstsein, als wir im Krankenhaus waren. Wir haben nicht mehr miteinander reden können. Dabei hätte es noch so viel zu sagen gegeben.«

Sie wirkte so verloren, wie sie neben dem Herd stand und ihre Hände knetete, dass Bent zu ihr ging und sie in den Arm nahm. Sie wirkte dünn und zerbrechlich.

»Du warst die ganze Zeit bei ihm, oder?«, sagte er. »Im Krankenhaus. Das hat er gemerkt, auch wenn er bewusstlos war. Er wird gewusst haben, dass ihr alle da seid.«

Er spürte, wie sie versuchte, sich zusammenzunehmen. Sie wischte eine Träne von der Wange, dann löste sie sich aus der Umarmung und strich ihm dankbar über den Arm.

Dies war etwas, dachte er, das sie gemeinsam hatten. Jasmin, Enno, seine Mutter. Sie alle hatten einen wichtigen Teil ihrer Familie verloren.

Bent wünschte, er hätte seine Mutter irgendwann einmal so umarmen können, wie es bei Marit möglich war. Er wünschte, sie hätte diese Form der Nähe überhaupt zulassen können.

Bent war nicht da gewesen, als sie gestorben war. Als sie in ihrem Haus gestürzt war und einen schweren Schlaganfall erlitten hatte. Da war er in Mailand gewesen, auf einer Tagung. Seine Mutter lag ein paar Stunden in ihrem Haus auf dem Parkett, bevor eine Nachbarin sie fand und den Notarzt rief. Als Bent am nächsten Nachmittag Husum erreichte, war sie bereits tot.

»Wir können die Uhr nicht zurückdrehen«, sagte er in Gedanken an seine eigenen verpassten Chancen. »Wir müssen mit dem leben, was passiert ist. Oder wenigstens müssen wir versuchen, das Beste draus zu machen.«

Er und seine Mutter hatten nicht mehr zusammengefunden. Nachdem er ausgezogen war, hatten sie sich immer weiter auseinandergelebt. Er wünschte, er hätte sie häufiger in Husum besucht. Wenigstens den Versuch gemacht, eine gewisse Nähe zu ihr aufzubauen. Schließlich hatte sie ihn geliebt, auch wenn sie es nicht zeigen konnte. Das wusste er genau.

»Weißt du, ich denke immer noch jeden Tag an Enno«, sagte Marit. »Das hört nie auf. Und das will ich auch gar nicht. Es begleitet mich mein ganzes Leben. Ich frage mich immer, was für ein Mensch er heute wäre.«

»Er wäre bestimmt genauso wunderbar wie früher. Es hört sich an, als hätte man mit ihm eine Menge Spaß haben können.«

»O ja. Er war immer so lustig, hatte immer so viele verrückte Ideen. Und er liebte es, im Mittelpunkt zu stehen. Vielleicht wäre er Schauspieler geworden. Oder Künstler. Das denke ich zumindest, wenn ich mir vorstelle, wie sein Leben weitergegangen wäre.«

Sie wandte sich zum Herd und gab geschnittenen Dill in die Suppe, die inzwischen ein herrliches Aroma verbreitete. Dann wischte sie sich wieder eine Träne aus dem Augenwinkel. Bent reichte ihr ein Taschentuch, und sie schenkte ihm ein dankbares Lächeln. Etwas verlegen schnäuzte sie sich.

Bent hätte gern mehr gesagt oder getan. Jedoch schien Marit das gar nicht zu erwarten. Sie legte ihm die Hand an die Wange, wie um zu danken. Dann sah sie zum Tisch, wo ihre Tochter vor den fertig geputzten und halbierten Rosenkohlröschen hockte.

»Wir haben noch uns«, sagte Marit. Sie ging zum Tisch und nahm Karens Hand. »Nicht wahr?«

Karen rang sich ein gequältes Lächeln ab, drückte die Hand ihrer Mutter, zog sie dann wieder weg.

»Natürlich, Mutter.«

Marit schien sich an dieser reservierten Geste nicht zu stören. Bent hatte jedoch das Gefühl, es wäre vielleicht das Beste, das Thema zu wechseln.

»Was meint ihr? Sollen wir den Rosenkohl in den Ofen schieben? Er braucht ungefähr eine halbe Stunde. Die Filets brate ich gleich scharf an, das geht ganz schnell. Dann könnten wir nebenan schon die Suppe essen. Deine Krabbensuppe ist doch fertig, Marit, oder?«

Sie nickte tapfer. »Ja, das ist sie.«

Karen wirkte erleichtert über den Themenwechsel.

»Ich bin auch durch«, sagte sie und schob die Schüssel mit den halbierten Röschen über den Tisch. »Alles fertig. Die können in den Ofen. Dann schneide ich schnell noch die Äpfel.«

Marit konnte das Thema nicht so leicht hinter sich lassen.

»Entschuldigt mich«, sagte sie und schnäuzte sich erneut die Nase. »Ich muss kurz ins Bad.«

»Natürlich, Marit. Nimm dir alle Zeit der Welt.«

Sie huschte aus der Küche, und Karen und Bent blieben allein zurück. Karen wich seinem Blick aus, als wolle sie nicht, dass er sie auf ihre Reaktion ansprach. Bent respektierte das. Er gab die halbierten Röschen in eine Auflaufform, vermengte sie mit Olivenöl, Salz und Pfeffer und stellte sie in den vorgeheizten Backofen. Ihm wurde bewusst, wie heiß es in der Küche war.

»Stört es dich, wenn ich kurz das Fenster öffne?«

»Nein, gar nicht. Mach nur.«

Er legte den Eisenhaken um und stieß das kleine

Sprossenfenster auf. Klare, eiskalte Luft wehte ihm entgegen, kühlte sein erhitztes Gesicht und roch wundervoll nach Schnee. Wie ein kühlendes Tuch, das er sich über die Stirn legte.

»Vielleicht sollte ich dir kurz etwas erklären«, sagte Karen hinter ihm.

»Das ist überhaupt nicht nötig.«

Er blickte wieder hinaus in die Dunkelheit. Eine einzelne Schneeflocke tanzte vor dem Fenster. Scheinbar schwerelos flog sie auf und nieder, als habe sie nicht die Absicht, je den Boden zu berühren.

»Karen. Sieh nur, es schneit.«

Sie stand auf und trat neben ihn. Eine zweite Flocke gesellte sich dazu. Sie wirbelte durchs Fenster herein, landete vor ihnen auf der Anrichte und schmolz augenblicklich.

»Unglaublich«, sagte sie. »Es scheint tatsächlich Schnee zu geben.«

»Wie sehr ich das liebe«, meinte er, während sie in die schwarze Nacht hinaussahen. »Neuschnee. Wenn alles ganz still und unberührt ist. Wenn sich eine weiße Schicht über alles legt, alles zudeckt und unsichtbar werden lässt.«

»Ich weiß, was du meinst. Man kann erste Schritte machen. Als wäre man der erste Mensch auf der Welt. Als wäre alles neu und unerforscht.«

»Als gäbe es keine Vergangenheit.«

Sie warf ihm einen Seitenblick zu. Die Beherrschtheit und das In-sich-Gekehrte von eben waren wie weggeblasen. Sie lächelte ihn an, offen und aufrichtig.

»Ja«, sagte sie. »Das liebe ich auch.«

Kapitel vierzehn

Während Marit nebenan den Tisch abräumte und Suppenteller aus dem Schrank holte, nahm Bent den gebackenen Rosenkohl aus dem Ofen. Auf dem Herd zischte und brutzelte das gefüllte Schweinefilet. Es duftete nach Thymian, Äpfeln und Backpflaumen, nach Honig und Orangen.

Karen sah Marit nach, die die Suppenteller nach nebenan trug. Sie fragte sich, was in ihrer Mutter vorging. Marit hatte seit Ewigkeiten den Namen Enno nicht erwähnt. Doch Jens und seine Töchter hatten offenbar etwas in ihr berührt, und so war das eisige Schweigen seit langer Zeit zum ersten Mal durchbrochen worden.

Karen fragte sich, ob Marit weiter so tun wollte, als wären sie beide Verbündete gewesen, damals, nach Ennos Tod. Als hätten sie als Mutter und Tochter zusammengehalten. Sie wusste nämlich nicht, ob sie das länger aushielte.

Am liebsten wäre ihr, sie würden einfach das Essen genießen und keine heiklen Unterhaltungen führen. Damit es wieder so wäre wie am Abend zuvor.

Marit kehrte zurück und strahlte sie an.

»Ich bring schon mal die Suppe rüber«, sagte sie und füllte Krabbensuppe in die Porzellanschüssel. »Karen, magst du ein wenig Brot schneiden? Dann kann es losgehen.«

»Natürlich. Gern.«

Karen ging zum Tisch, schnitt das selbstgebackene Weißbrot und gab es in einen Korb. Marit nahm es ihr im Vorbeigehen ab und trug es mit dem Rest nach nebenan. Karen wanderte weiter zum Herd und sah Bent über die Schulter, der die Filets aus der Pfanne gehoben hatte und mit Crème fraîche und Zitronensaft eine Sauce zubereitete.

»Das riecht unfassbar gut«, sagte sie. »Und genauso sieht es aus.«

»Warte, bis du es probiert hast.«

»Ich kann's kaum erwarten.« Dann scherzte sie: »Vor allem bin ich gespannt, ob Marit es noch draufhat, eine gute Krabbensuppe zu machen.«

Sie ging nach vorn, um Marit zu helfen. Ihre Mutter hatte den Tisch im Schein des großen Weihnachtsbaums festlich eingedeckt. Das Holzfeuer knisterte, und das feine Aroma der Krabbensuppe lag über allem.

Marit trat zurück und überblickte den Tisch. Es schien alles in ihrem Sinne zu sein. Doch dann rief sie: »Oh, die Servietten!«, und eilte in die Küche.

Karen blieb allein im Raum zurück. Stand in der stillen Schönheit des alten Gasthauses. Es versetzte ihr einen Stich. Sie hatte das Gefühl, als wäre sie in einen falschen Film geraten. Als spielten sie sich alle gegenseitig etwas vor.

Mit großen Schritten ging sie zur Tür, um frische Luft zu holen. Die Tür quietschte in den Angeln. Eisige Luft schlug ihr entgegen. Draußen war es immer noch windstill. Einzelne Schneeflocken tanzten durch den Lichtschein, der aus der Tür hinausfiel, dahinter war alles tiefschwarz und völlig geräuschlos.

Sie atmete die frostige Luft tief ein. Vielleicht war es doch keine gute Idee gewesen zu bleiben. Morgen würde sie zurück nach Berlin fahren. In gewohnter Ruhe ihr übliches Leben weiterführen. Weit weg von Husum und Marit.

Eine einzelne Flocke verirrte sich auf dem Weg zum Boden und landete auf ihrer Wange. Sie schmolz wie eine Träne. Karen blickte hinauf in den Himmel. Wie aus dem Nichts tauchte eine weitere einsame Flocke auf und wirbelte um ihr Gesicht.

Einen kurzen Augenblick hatte sie das Gefühl, Enno würde sie von dort oben beobachten. Er würde grinsen und ihr zuzwinkern. Doch in der Schwärze der Nacht war nichts zu erkennen. Es war natürlich Unsinn.

»Und?«, rief Bent von drinnen. »Schneit es immer noch?«

»Ein wenig. Aber es sind nur einzelne Flocken, mehr nicht.«

Karen wandte sich ab. Sie warf noch einen Blick in den schwarzen Himmel, dann schloss sie die Tür hinter sich und kehrte in den Gastraum zurück.

»Setz dich zu uns«, lud Bent sie ein. »Wenn wir auch nicht eingeschneit sind … sonst ist alles perfekt, was die Weihnachtsstimmung angeht, findest du nicht?«

Sie sah sich um. Ein wunderschön gedeckter Tisch, brennende Kerzen, das Licht des Weihnachtsbaums und Marits Krabbensuppe. Sie folgte der Aufforderung mit einem Lächeln.

»Ja, das ist es. Du hast einen wunderschönen Gasthof, Bent.«

»Werden wir eigentlich später in die Kirche gehen, wie geplant?«, fragte er. »Auf die Gefahr hin, dass ich ein bisschen sentimental wirke, aber die Mitternachtsmessen am Heiligabend finde ich wirklich ergreifend.«

»Mir geht es genauso«, sagte Marit. »Ich liebe es auch und finde die Idee toll, nach Schobüll in das kleine Kirchlein am Meer zu gehen. Was meinst du, Karen?«

»Ja, das wäre schön. Da waren wir früher immer.«

Die kleine Schobüller Kirche war uralt und galt als eine der schönsten Kirchen Frieslands. Karen erinnerte sich an eine Mitternachtsmesse, die sie mit Enno dort besucht hatte, im Licht zahlloser Kerzen, zwischen schiefen Mauern und uralten, rußigen Schnitzereien, wie sie dem Chor gelauscht und die flackernden Lichter bestaunt hatten. Das musste das letzte Weihnachten vor seinem Tod gewesen sein.

»Wir müssen aber früh da sein«, sagte Marit. »Sonst bekommen wir keinen Platz mehr. Alle wollen nach Schobüll. Das ist inzwischen zu einem Geheimtipp geworden.«

»Wie ist das eigentlich in Berlin?«, fragte Bent. »Gehst du da in die Kirche? Gibt es besondere Weihnachtsmessen?«

»Ich war schon ewig nicht mehr in der Kirche. Nicht zu Weihnachten. Früher, als Hannah noch klein war, waren wir häufig in der Weihnachtsmesse in der Kreuzberger Passionskirche. Aber das ist lange her. Sie feiert inzwischen Heiligabend mit ihrem Vater. Am zweiten Weihnachtstag holen Hannah und ich dann unser Weihnachtsfest nach.«

Heiligabend, das bedeutete für Karen in den vergangenen Jahren immer ein Kurzbesuch in Husum. Eine Tradition, die sie in diesem Jahr erstmals hatte brechen wollen. Wäre Bent ihr nicht dazwischengekommen, säße sie jetzt in Berlin auf ihrem Sofa.

»Vermisst sie dich nicht?«, fragte Bent. »Sie muss doch traurig sein, dass ihre Mutter Heiligabend nicht bei ihr ist.«

Karen lachte auf. »Das Einzige, was sie traurig macht, ist, dass sie heute nicht früher auf die Party gehen kann, die in Kreuzberg steigt. Da will sie nämlich hin, zusammen mit ihren Freunden und ihrem neuen Lover. Jetzt muss sie vorher erst mit den langweiligen Erwachsenen abhängen und darauf warten, dass die müde werden. Erst bei der Party geht für sie Weihnachten richtig los, vorher sicher nicht.«

»Das ist normal in dem Alter«, sagte Marit. »Die jungen Leute sind am liebsten unter sich.«

»Natürlich. Ich mache ihr keinen Vorwurf. Soll sie sich amüsieren.«

»Sie ruft regelmäßig bei mir an«, berichtete Marit stolz. »Ein liebes Mädchen. Ich wünschte, ich würde sie häufiger sehen können. Man ist ja völlig aus der Welt, wenn man so weit entfernt wohnt. Aber sie will in den Weihnachtsferien noch vorbeikommen, hat sie gesagt.«

»Ach, sie will vorbeikommen?«, fragte Karen verwundert. »Davon weiß ich ja gar nichts.«

»Es ist noch nicht sicher. Sie meinte, wenn sie es schafft, kommt sie. Sie hat mir von einem Jungen erzählt, den sie offenbar sehr mag. Der hat ein Auto.«

»Jonas. Das ist ihr neuer Freund.«

»Richtig. Jonas hieß der. Hannah sagte, sie würde ihn gern mitbringen und mir vorstellen.«

Würde Hannah ihren neuen Freund zuerst ihrer Oma vorstellen, bevor Karen an der Reihe war? Sie fragte sich, warum Hannah ihr nichts davon erzählt hatte. Es war ja nicht so, dass sie einen Keil zwischen Oma und Enkelkind treiben wollte. Im Gegenteil. Sie hatte immer versucht, Hannah und Marit einander näherzubringen.

»Es ist eben die Entfernung«, erklärte Marit an Bent gewandt. »Deswegen sehe ich Karen und Hannah so selten. Wenn wir nicht so weit auseinander wohnten, würden wir uns ständig sehen, ganz sicher. Man kann es sich eben nicht immer aussuchen.«

Für jemanden wie Bent, der so viel herumgekommen war in der Welt, war die Entfernung zwischen Husum und Berlin alles andere als groß. Ein paar Stunden auf der Autobahn, mehr brauchte es nicht, um sich zu besuchen. So war sein Blick zwar freundlich, aber auch irritiert. Marit bemerkte es ebenfalls.

»Ich mache Karen keine Vorwürfe, dass sie so weit weg lebt«, verteidigte sie Karen. »Sie hat nun mal einen besonderen Beruf. Sie ist selbständig, und dafür bewundere ich sie. Sie hat ganz allein diese Agentur hochgezogen. Da ist man als Mutter wirklich stolz.

Dafür musste sie eben wegziehen. Berlin ist ja auch viel spannender als Husum. Und mit wem sie alles zu tun hat. Sie kennt eine Menge berühmter Leute.«

Karen konnte nicht anders, sie verdrehte die Augen.

»Für dich ist das längst normal, mit Berühmtheiten zu tun zu haben«, verteidigte sich ihre Mutter. »Aber ich stelle mir das aufregend vor. Denk dir nur, Bent, du sitzt an deinem Schreibtisch, und plötzlich klingelt das Telefon, und Sanna Wolff ist am anderen Ende.«

Karen musste lachen. Im Moment gäbe es für sie nichts Schlimmeres, als wenn das Telefon klingelte und Sanna am anderen Ende wäre, dachte sie. Doch das wollte sie ihrer Mutter nicht sagen.

»Karen kann nicht ständig nach Husum fahren«, redete Marit unbeirrt weiter. »Und in Berlin hat sie für mich ja auch keine Zeit. Das ist halt so, wenn man eine eigene Firma hat. Da hat man immer viel zu tun. Ich bin froh, dass sie überhaupt jetzt hier ist. Das ist wirklich sehr nett von dir.«

»Lass doch, Mutter«, sagte Karen verlegen. »So besonders ist das nicht.«

In Bents Gegenwart wurde ihr das Gespräch zunehmend unangenehm.

»Nein, ich möchte das mal sagen«, sagte Marit. »Ich freue mich sehr, dass du gekommen bist. Dass wir zusammen Weinachten feiern.« Sie nahm ihre Hand und drückte sie. »Du bist doch alles, was ich habe.«

Karen musste sich zwingen, ihre Hand nicht wegzuziehen.

»Wir sind die Einzigen, die noch übrig sind«, sagte Marit. »Ich bin so glücklich, dass du hier bist.«

Doch die Berührung brachte sie nicht näher, sondern trennte sie. Karen fühlte sich ihrer Mutter fern, und Marit schien das zu bemerken. Etwas gequält ließ sie Karens Hand los.

Betont gutgelaunt wandte Karen sich an Bent.

»Wo nun alles fertig ist, wann eröffnest du das Gasthaus eigentlich? Du könntest jederzeit aufmachen, oder?«

»Ja, das stimmt. Aber wir warten bis Ende Januar, vorher hat es keinen Sinn. Und die Wochen bis dahin werden wir für Werbung nutzen. Mal sehen, ob wir in der ruhigen Zeit Leute hinterm Ofen hervorholen.«

»Ich werde auf jeden Fall mit meinem Kartenclub vorbeikommen«, sagte Marit. »Meine Freundinnen sind alle schon ganz gespannt.«

»Das ist nett von dir. Und wenn im Frühling die Touristen kommen, wird es bestimmt leichter werden. Bis dahin müssen wir sehen, wie der Laden läuft.«

Sie redeten eine Weile über Bents Pläne. Beinahe war es wieder wie am Vorabend, fand Karen.

»Deine Krabbensuppe war großartig«, lobte Bent und stellte die Teller zusammen. »Ich hoffe, dass meine Hauptspeise mithalten kann.«

»Ach, du Dummkopf«, lachte Marit. »Als wenn ich eine Chance gegen deine Kochkünste hätte.«

Marit und Bent räumten plaudernd ab und verschwanden in der Küche. Karen schenkte sich Wein ein. In der Küche rumpelte es. Töpfe und Pfannen wurden verrückt. Bent wärmte offenbar die Hauptspeise auf und richtete sie auf den Tellern an. Karen glaubte, dass Marit ihm dabei half. Doch die tauchte wieder im Gastraum auf, nahm am Tisch Platz und goss sich ebenfalls nach.

»Wie hübsch es hier ist, oder?«, fragte sie.

»Genau wie man es sich vorstellt«, stimmte Karen zu. »Weihnachten bei Theodor Storm, nicht wahr?«

Marit lachte. »So ungefähr.«

Die beiden verfielen in Schweigen. Marit schwenkte nachdenklich den Wein in ihrem Glas.

»Besonders um diese Jahreszeit muss ich viel an ihn denken. Ich fühle mich ihm näher als sonst.«

Karen starrte auf die Hände in ihrem Schoß. Sie schwieg.

»Weihnachten fühlen sich die Ereignisse von damals näher an. Die Zeit, als Enno gestorben ist.«

Doch Karen brachte es nicht über sich, über Enno zu sprechen. »Ja«, sagte sie lediglich.

»Wir haben noch uns. Er ist ein Teil von uns.«

Karen spürte wieder die Traurigkeit und Einsamkeit von damals. Sie sagte nichts.

»Ich wüsste nicht, was ich gemacht hätte, wenn du damals nicht da gewesen wärst. Das denke ich heute oft. Dass du es gewesen bist, die mich am Leben gehalten hat.«

Karen wünschte, es wäre so gewesen. Doch hatte sich das damals nicht so angefühlt. Der Tod mochte Jens und seine Töchter zusammengeschweißt haben. Bei ihnen war es anders gewesen.

Karen erinnerte sich an die endlose Stille, die in der Kate geherrscht hatte. Marit war meist in Ennos Zimmer verschwunden, erstarrt, stumpf und scheinbar teilnahmslos. Sie hatte kaum noch gegessen und das Haus verwahrlosen lassen. Hockte unentwegt in seinem Zimmer, als würde sie darauf warten, dass er nach Hause kam. Marit redete kaum mit ihrer Familie, und wenn, dann wirkte es, als wäre sie Lichtjahre entfernt.

Karens Vater hatte derweil ganz aufgehört zu reden. Er war kaum noch zu Hause gewesen. Meist stürzte er nach dem Frühstück gleich raus, setzte sich ins Auto und fuhr drauflos. Er konnte stundenlang unterwegs sein, einfach seine Runden drehen und ziellos weiterfahren. So war er mit dem Verlust umgegangen. Mit sich allein. Er wollte seine Trauer mit sich ausmachen.

Karen war in dieser Zeit wie unsichtbar gewesen. Als hätte sie überhaupt nicht existiert. Als hätte sie sich in Luft aufgelöst. Dabei hatte sie noch gelebt. Sie war nicht tot gewesen. Sie hatte überlebt. Und nicht nur das. Ihr großer Bruder war fort. Er hatte sie alleingelassen. Sie war völlig verstört und fassungslos gewesen, konnte nicht begreifen, was mit Enno und mit ihrem gemeinsamen Leben passiert war. Weshalb er fortgegangen war, für immer.

Marit faltete die Serviette zusammen.

»Wegen dir hatte ich einen Grund weiterzumachen«, sagte sie.

Karen blickte nicht auf. Es fühlte sich wie eine Lüge an. Was erwartete Marit, das sie jetzt sagte?

»Lass uns nicht über Enno reden«, bat Karen. »Ich meine nur, wir sind hier bei Bent zu Gast. Wir sollten Rücksicht nehmen. Es wäre unhöflich.«

Sie dachte an diese namenlose Einsamkeit, die sie damals erfasst hatte. Dieses große schwarze Loch, durch das sie sich wie betäubt bewegt hatte. Sie musste sich das Essen selbst machen. Sich allein fertig machen für die Schule. Sie musste die Waschmaschine anwerfen, einkaufen gehen, kochen. Hatte Marit das alles vergessen? Wie es in der ersten Zeit nach seinem Tod gewesen war?

»Das Schlimmste ist, wenn eine Mutter ihr Kind verliert.« Karen wusste nicht, wie oft sie diesen Satz damals gehört hatte. Meist von fremden Menschen, die über ihre Tragödie redeten und glaubten, Karen höre nicht zu. Manchmal war sie auch zur Seite genommen worden, von einer Lehrerin oder einer Nachbarin, die wissen wollten: »Wie geht es deiner Mutter?« Sie hörte Erwachsene tuscheln, wenn sie Karen auf der Straße sahen und dadurch an Enno erinnert wurden. »Ich würde das nicht überleben, wenn der Junge mein Kind gewesen wäre«, hörte sie die Frauen dann sagen, und: »Marit muss durch die Hölle gehen. Ich darf gar nicht daran denken.«

Doch was war mit ihr?, hatte sie sich damals verzweifelt gefragt. Sie hatte ihren Bruder verloren. Ihren über alles geliebten Bruder. Der auf sie aufgepasst hatte. Der sie beschützt hatte. Der immer für sie da gewesen war. Sie war doch erst zwölf gewesen. Warum war ihre Trauer weniger schlimm?

Ihre Freundinnen hatten Abstand gehalten. Sicher waren sie überfordert gewesen. Doch wie hätte Karen das verstehen sollen? Selbst Ada hatte ihr kaum geholfen. Zwar war sie weiterhin ihre Freundin geblieben, doch wollte sie nicht über Enno reden.

Die arme Marit, hatten alle gesagt. Wie geht es deiner Mutter? Braucht deine Mutter Hilfe? Keiner hatte gefragt, wie es ihr selbst ging. Ob sie Hilfe brauchte.

»Natürlich, du hast recht«, sagte Marit und klang dabei verletzt. »Wir sollten an Bent denken. Reden wir über was anderes.«

Sie spielte nervös an der Serviette. »Ich möchte nur für dich da sein, Karen. Das sollst du wissen.«

Karen blickte in den festlichen Gastraum und zum prunkvollen Christbaum. Es war tatsächlich wie Weihnachten bei Theodor Storm. Das Gefühl, am falschen Ort zu sein, blieb dennoch.

Kapitel fünfzehn

Bent ließ sich Zeit damit, die Schweinefilets in Scheiben zu schneiden. Karen und Marit redeten nebenan miteinander, und er wollte ihnen den Raum dafür geben. Vielleicht gelang es ihnen, ein paar Dinge aus der Welt zu schaffen. Seit Karen in Husum angekommen war, hatte er das Gefühl, dass ein sprichwörtlicher Elefant im Raum war, sobald die beiden zusammensaßen. Dabei war es doch immer gut, miteinander zu reden.

Während er das Aroma von Backpflaumen und Thymian einatmete, kam ihm der Gedanke, dass er den passenden Weißwein noch aus dem Keller holen musste. Einen Riesling. Er ging hinunter. Auch hierbei ließ er sich Zeit.

Als er zurück in der Küche war und die Flasche entkorkt hatte, lugte er durch die Tür in den Gastraum. Marit und Karen saßen nun schweigend am Tisch. Vielleicht sollte er zu ihnen gehen und die Situation auflockern. Er fühlte sich verantwortlich für die beiden. Schließlich war das seine Idee gewesen, Karen zu diesem Abend einzuladen.

Also nahm er die Teller und ging zu ihnen. Er hatte keine Probleme damit, eine Unterhaltung am Laufen zu halten, und hoffte, er könnte diesen Abend zu einem Erfolg machen.

Doch er spürte, dass die Stimmung gedrückt war. Mit einem lockeren Spruch wäre wohl nicht viel zu erreichen. Karen und Marit schwiegen, sahen sich nicht an, schienen meilenweit voneinander entfernt.

Bent suchte Karens Blick in der Hoffnung, dass sie ihm irgendwie zu verstehen gab, was vorgefallen war. Doch sie sah zu Boden, als er an den Tisch trat.

»Das Filet ist unfassbar zart«, sagte er, während er die Teller auf den Tisch stellte. »Und die Füllung einmalig. Riecht ihr das? Köstlich, nicht wahr? Der Orangenabrieb auf dem Rosenkohl gibt dem Ganzen die weihnachtliche Note.«

»Es riecht wundervoll«, sagte Marit und klang dabei etwas förmlich. »Das ist dir wirklich gelungen.«

»Ja, sieht sehr gut aus«, fügte Karen hinzu.

Während sie aßen, dauerte es ein bisschen, bis er das Gespräch wieder in Gang gebracht hatte. Er erzählte Geschichten aus Frankfurt, von Partys bei unfassbar reichen Menschen, von den schönen Frauen und der ganzen oberflächlichen und schnelllebigen Welt, in der er gelebt hatte. Mit dem Abstand, den er durch seine Rückkehr nach Husum gewonnen hatte, wirkten diese Anekdoten jedoch für ihn fast, als wären sie nicht ihm, sondern jemand anderem passiert.

Nach einer Weile herrschte beinahe wieder so eine entspannte Atmosphäre wie am Vorabend. Die Zeit verging wie im Fluge, und dann war es so weit, dass sie sich auf den Weg nach Schobüll machen mussten, wenn sie noch einen Platz in der kleinen Kirche am Meer bekommen wollten.

»Wir könnten natürlich mit meinem Auto fahren«, sagte er. »Aber wenn ihr Lust habt, können wir auch zu Fuß gehen. Dann müssten wir allerdings gleich aufbrechen. Es dauert ungefähr eine halbe Stunde.«

»Ich hätte nichts gegen einen Spaziergang einzuwenden«, sagte Marit. »Ein bisschen Bewegung kann uns nicht schaden.«

Karen sagte zunächst nichts dazu. Sie schien verlegen zu sein. Dann sah sie auf und lächelte gequält.

»Seid mir nicht böse«, sagte sie. »Aber ich würde lieber ins Hotel zurück.«

»Ins Hotel? Jetzt?«, protestierte Bent. »Aber du musst doch mit in die Weihnachtsmesse. Das darfst du dir nicht entgehen lassen. Der Abend ist noch nicht zu Ende.«

»Es war ein langer Tag. Ich bin wirklich müde.«

Er wollte sie überreden, doch sie ließ ihn nicht zu Wort kommen. »Geht ohne mich. Lasst euch das nicht von mir verderben. Genießt die Messe in Schobüll. Ich möchte einfach ins Bett.«

Marit wirkte zwar enttäuscht, sagte aber nichts. Irgendwie hatte Bent das Gefühl, sie hätte damit gerechnet.

Bent jedoch war völlig perplex. »Du willst wirklich jetzt schon gehen?«

»Ja. Es war ein sehr schöner Abend, Bent. Vielen Dank noch mal. Das Essen war großartig. Und ... einfach alles.«

Es fiel ihm schwer zu glauben, dass die gemeinsame Zeit so plötzlich vorüber sein sollte. Karen wollte morgen früh nach Berlin zurückfahren. Sie hatten kaum Gelegenheit gehabt, allein miteinander zu reden. Er hatte gehofft, sie würden den Abend gemeinsam ausklingen lassen, wenn Marit nach Hause gegangen wäre. Nur sie beide. Das konnte doch nicht so einfach zu Ende sein.

»Kommst du morgen noch auf einen Kaffee vorbei, bevor du fährst?«, fragte Marit, die Karens Entscheidung offenbar längst akzeptiert hatte.

»Mal sehen. Ich will nicht zu spät aufbrechen.«

»Dann ruf morgen früh an. Ich bin ja immer früh auf, wie du weißt.«

Karen stand auf und nahm ihren Mantel. Bent fühlte sich wie betäubt. Er verstand nicht, was passierte. Karen war schon in der Tür, als er aus seiner Starre aufwachte.

»Ich komm sofort wieder«, sagte er zu Marit.

Die wirkte seltsam abwesend. Sie nickte lediglich, dann räumte sie die Teller zusammen.

Bent lief nach draußen.

»Warte, Karen!«

Dunkelheit und Kälte empfingen ihn. Immer noch fielen einzelne Schneeflocken durch die Nacht. Es war vollkommen still. Karen zog die Tür ihres Fiats 500 auf. Die Innenbeleuchtung leuchtete auf. Er sah ihre schmale Silhouette in der offenen Tür. Sie warf die Handtasche auf den Beifahrersitz und strich den Mantel zurecht, um sich hinters Steuer zu werfen.

»Karen! Jetzt warte doch.«

Widerwillig blieb sie in der offenen Tür stehen.

»Was ist denn passiert?«, fragte er. »Wieso musst du auf einmal weg?«

Mit ihren großen haselnussbraunen Augen blickte sie ihn mutlos an. Es wirkte, als wäre sie meilenweit entfernt.

»Es hat nichts mit dir zu tun. Ich bin nur müde. Ich möchte mich wirklich hinlegen.«

»Aber … sehen wir uns denn überhaupt noch, bevor du nach Berlin zurückfährst?«

Es hatte doch eben erst angefangen zwischen ihnen. Sie lernten sich gerade kennen. Das konnte nicht so abrupt enden. Er empfand etwas für sie. Und er hatte gedacht, es ginge ihr ebenso.

Sie hob die Schultern. Offenbar war nicht geplant, dass sie ihn morgen noch mal traf.

»Was ist denn mit uns?«, fragte er.

Ihr Gesicht nahm einen gequälten Ausdruck an.

»Ach Bent … Ich werde nach Berlin zurückfahren. Vielleicht sogar noch heute Abend.«

»Heute Abend?« Jetzt verstand er gar nichts mehr.

»Oder morgen ganz früh. Ich bin doch schon einen Tag länger geblieben als geplant.«

»Aber … Berlin ist nicht aus der Welt. Ich komme dich besuchen.«

Sie antwortete nicht.

»Ich dachte, da ist was zwischen uns.«

»Bitte, Bent. Mach es mir nicht so schwer.«

Er wollte sie nicht so einfach gehen lassen. Er hatte eine Menge zu sagen. Doch Karen hob die Hand und schnitt ihm das Wort ab: »Es hat keinen Sinn.«

Das fühlte sich an wie ein Schlag ins Gesicht. Für sie war es also nur ein oberflächlicher Flirt gewesen. Um sich die Zeit in Husum zu verkürzen. Mehr nicht. Was war er für ein Idiot zu denken, sie könnte sich für ihn interessieren.

Er trat einen Schritt zurück. Er wollte sie nicht länger aufhalten.

»Wir können ja telefonieren«, sagte sie mit gekünstelter Fröhlichkeit. »Bestimmt komme ich mal wieder nach Husum. Es war jedenfalls nett, dich kennenzulernen.«

Es war nett, dich kennenzulernen. Mit bitterer Ironie dachte er: Karen wusste wirklich, wie man einem Mann seine Grenzen aufzeigte.

Sie blieb unschlüssig in der offenen Autotür stehen. Es wirkte, als wolle sie noch etwas sagen. Bent schüttelte den Kopf. Egal, was sie sagen würde, sie könnte es nur schlimmer machen.

»Leb wohl, Karen.«

Damit wandte er sich ab und ging zurück in den Gasthof.

Er hörte, wie hinter ihm der Motor startete. Dann gingen die Scheinwerfer an, und der Wagen rollte rückwärts die Auffahrt hinunter. Noch ehe er die Tür hinter sich geschlossen hatte, war das kleine Auto hinter einer Kurve verschwunden.

»Tja, Marit«, rief er in den Gastraum hinein. »Jetzt sind wir wohl nur noch zu zweit.«

Zum Glück war genügend Wein da. Es gab keinen Grund, warum sie sich nicht betrinken sollten. Sie hatten immer noch sich.

»Wie's aussieht, ist die Kirche heute Abend doch nicht so überfüllt«, kommentierte er bitter.

Marit wirkte blass. Sie hockte auf der Bank, vor den zusammengestellten Tellern. Bent begriff noch nicht ganz, weshalb Karen gegangen war, doch sicher war ihr Aufbruch auch für Marit eine große Enttäuschung. Sie hatte sich so sehr gewünscht, Weihnachten mit ihrer Tochter zu verbringen. Und nun hatte es ein so plötzliches Ende gegeben.

»Wir gehen doch trotzdem nach Schobüll?«, fragte er.

Auch wenn ihm Karen einen schweren Schlag versetzt hatte, wollte er an dem geplanten Abend mit Marit festhalten.

»Gern«, sagte sie schwach. »Aber vielleicht fahren wir doch mit dem Auto.«

Sie war nun kreidebleich. Bent setzte sich eilig zu ihr.

»Alles in Ordnung mit dir, Marit?«

»Doch, doch. Das ist nur der Kreislauf. Es geht gleich wieder.«

»Soll ich dir ein Glas Wasser holen?«

»Nicht nötig, mein Lieber. Mir geht es gut.«

Ganz offensichtlich war das eine Lüge. Das Lächeln, das sie ihm schenkte, schien ihr viel Kraft abzuverlangen.

»Warte. Ich hole dir schnell ein Wasser. Soll ich das Fenster öffnen? Ein bisschen frische Luft kann sicher nicht schaden.«

»Mir geht es gleich wieder gut. Es ist nur der Kreislauf.«

Bent machte sich nun wirklich Sorgen. Er sprang auf, lief in die Küche und holte Wasser. Als er zurückkehrte, sah er, dass Marits Kopf auf ihre Brust gesunken war.

»Marit!«

Er war augenblicklich bei ihr. Sie reagierte nicht. Ihr Gesicht war kreidebleich, sie war nicht ansprechbar. Er fühlte ihren Puls. Doch der war nur ganz schwach. Ihre Augen flatterten, dann sackte sie leblos zusammen.

»Marit!«, rief er und schüttelte sie. Es war, als würde sich vor ihm ein Abgrund öffnen. »Marit, hörst du mich? Bleib hier!«

Kapitel sechzehn

Ein Auto tauchte an der Kreuzung auf und begann wild zu hupen. Karen legte im letzten Moment eine Vollbremsung hin. Eine junge Frau tauchte im Licht ihrer Schweinwerfer auf und gestikulierte wild, dann war sie wieder verschwunden. Karen holte tief Luft. Beinahe hätte sie einen Unfall verursacht. Sie musste sich auf den Verkehr konzentrieren. Auch wenn Heiligabend war, hieß das nicht, dass sie allein auf der Straße unterwegs war.

Sie versuchte, ihre umherwirbelnden Gedanken unter Kontrolle zu bringen. Sie hatte es nicht länger ertragen, in dieser Weihnachtsidylle zu sitzen und heile Familie zu spielen. Sie konnte die Distanz, die zwischen ihr und ihrer Mutter lag, nicht einfach ignorieren. Wollte nicht so tun, als wäre alles in Ordnung. Als gäbe es nicht die Verletzungen von damals.

Wenn Marit sagte, dass Karen nach Ennos Tod der Grund für sie gewesen war weiterzumachen, dann stimmte das einfach nicht. Zumindest hatte es sich für Karen niemals so angefühlt. Um das einsame und haltlose Mädchen von damals hatte sich ihre Mutter nicht geschert, und nun konnte Karen den Kummer von damals nicht einfach verleugnen. Die Enttäuschung, auch von ihrer Mutter im Stich gelassen worden zu sein.

Deshalb musste sie raus aus dem Strandhaus. Sie hoffte, ihr Aufbruch hatte nicht allzu überstürzt gewirkt. Immerhin hatte sie bis nach dem Essen gewartet. Doch spielte das wahrscheinlich gar keine Rolle mehr. Denn als wäre alles nicht schlimm genug gewesen, hatte sie auch Bent noch eine Abfuhr gegeben, obwohl sie doch eigentlich ganz anders empfand.

Es war nett, dich kennenzulernen. So verabschiedete man sich auf Partys von neuen Bekanntschaften, wenn man höflich sein wollte. Es war ihr rausgerutscht. Aber es war Bent gegenüber nicht fair gewesen. Im Moment wollte sie jedoch nur noch weg, zurück nach Berlin in ihr gewohntes Leben. Sie brauchte keinen Mann, sie war jahrelang allein klargekommen. Es wurde ihr einfach alles zu viel. Das Weihnachtsfest, Husum, die ganze Situation. Deshalb diese schroffe Abfuhr, wenngleich Bent sie überhaupt nicht verdient hatte.

Sie kurbelte das Fenster herunter und sog die eiskalte Luft ein. Ihre Gefühle spielten verrückt. Am besten, sie würde heute Nacht noch nach Berlin zurückfahren. Auf der Autobahn wäre bestimmt freie Fahrt. Wenn sie sich beeilte, konnte sie kurz nach Mitternacht zu Hause sein.

Sie würde morgen früh in ihrem eigenen Bett aufwachen und ganz neu starten können, würde den Weihnachtstag so begehen, wie sie es sich vorgenommen hatte. Gemütlich auf der Couch und weit entfernt von Husum.

Allerdings glaubte sie nicht, dass sie dieses Programm würde genießen können. Dazu war zu viel passiert. Da sie sich jedoch nicht zu einer Entscheidung durchringen konnte, fuhr sie einfach weiter zum Hotel.

Die Rezeption war verwaist. Doch wurde Karens Ankunft offenbar bemerkt, denn eine Angestellte kam plötzlich nach vorn geeilt, um sie mit strahlendem Lächeln zu begrüßen. Durch eine offene Tür erkannte Karen, dass die Angestellten, die heute Dienst hatten, sich samt Snacks und Sektflaschen im Personalraum zu einer spontanen Weihnachtsfeier versammelt hatten.

»Lassen Sie sich nicht stören«, sagte sie und winkte. »Ich habe alles, was ich brauche. Frohe Weihnachten.«

Die Angestellte strahlte dankbar, die Wangen leicht gerötet. »Das wünsche ich Ihnen auch. Frohe Weihnachten.« Dann kehrte sie zu den anderen in den Personalraum zurück.

Karen verzog sich aufs Zimmer. Sie packte ihre Tasche, immer noch unschlüssig, ob sie tatsächlich heute Abend nach Berlin fahren sollte. Vielleicht sollte sie doch bis morgen nach dem Frühstück warten. Dann wäre sie weniger aufgewühlt und könnte sich besser auf die Fahrt konzentrieren. Vielleicht, sagte ihr eine Stimme, sollte sie mit Marit reden. Das Gespräch weiterführen, das sie abgewürgt hatte.

Das Handy machte sich bemerkbar. Irgendwie war sie überzeugt, dass Bent am anderen Ende war. Dass er sich nicht so leicht abfertigen ließ. Aber als sie aufs Display sah, erkannte sie, dass Sanna sie anrief. Karen war so durcheinander, dass sie das Gespräch entgegennahm.

»Sorry, Karen«, meldete Sanna sich zerknirscht. »Hast du vielleicht eine Minute. Ich leg danach auch sofort wieder auf.«

»Sanna? Es ist Heiligabend. Ist alles in Ordnung?«

»Ja, schon. Tut mir leid, dass ich dich anrufe. Wirklich. Ich dachte nur … Ich arbeite halt gerade. Auf Familie habe ich keinen Bock. Ich find's toll, wie ruhig alles am Heiligabend ist. Perfekt für mein erstes Kapitel. Du, ich wollte dich nur noch mal was zu der Hauptfigur fragen …«

»Sanna, es ist Weihnachten. Ich arbeite heute nicht.«

»Es dauert nur eine Minute, versprochen.«

»Nein. Ich habe wirklich keine Zeit.«

»Gut. Dann morgen.« Ihr war offenbar klar, dass Heiligabend kein guter Tag war, um auf einem Gespräch zu bestehen. »Es geht dann auch ganz schnell. Ich melde mich einfach morgen noch mal. Wie gesagt, eine Minute …«

Karen war schon drauf und dran, das Gespräch zu beenden. Ihr gingen so viele Sachen durch den Kopf, sie hatte keine Zeit für so was. Doch dann überlegte sie es sich anders.

»Warte, Sanna. Was das angeht … Ruf mich nach Neujahr wieder an. Bis dahin habe ich nämlich Ferien.«

»Was soll das denn? Bist du sauer auf mich? Ich sage doch, es dauert nicht lange. Ich will nur kurz mit dir besprechen, wie ich meine Hauptfigur am besten …«

»Darum geht es nicht, Sanna. Ich habe Ferien. Ich möchte einmal im Jahr für ein paar Tage nicht für die Agentur da sein müssen.«

»Also bist du sauer.«

»Nein. Ich möchte einfach Weihnachten nicht gestört werden. Ich glaube nicht, dass das zu viel verlangt ist.« Sanna holte bereits Luft, doch Karen ließ sie nicht zu Wort kommen. »Du kannst nicht Tag und Nacht über mich verfügen. Ich habe ein Privatleben. Das musst du respektieren.«

Verwunderte Stille am anderen Ende.

»Aber du bist meine Agentin.«

»Richtig. Nicht deine private Assistentin.«

»Meine Güte, bist du sensibel. Du sollst mir doch nur bei meiner Hauptfigur helfen.«

Nun wurde Karen sauer. War Sanna tatsächlich dermaßen egozentrisch? Karen hatte immer geglaubt, Sanna wäre ihr dankbar für ihr besonderes Engagement. Doch vielleicht hatte sie sich da geirrt.

»Ich helfe dir gern, Sanna. Aber nicht Tag und Nacht. Lass uns nach meinem Urlaub über den Plot sprechen. Ab Januar stehe ich dir wieder zur Verfügung. Ich möchte jetzt wirklich Zeit für mich haben.«

»Du weißt schon, dass ich jederzeit woanders hingehen kann?«

Karen war fassungslos. »Du drohst mir damit, die Agentur zu wechseln? Weil ich Weihnachten nicht arbeiten will?«

»Ich drohe überhaupt nicht. Ich denke nur, du verdienst eine Menge Geld mit mir. Da kann ich doch auch eine Gegenleistung erwarten.«

Beinahe hätte sie auflachen müssen. Wenn es so wenig Verständnis für ihr Privatleben gab, dann wurde ihr die Entscheidung leicht gemacht.

»Tut mir leid, Sanna, aber das ist meine Meinung. Und wenn dir meine Arbeitsweise nicht reicht, muss ich das akzeptieren. Sieh dich um, guck dir andere Agenturen an. Was alles andere angeht: Es ist Weihnachten. Ich kann heute nicht für dich da sein und morgen auch nicht.«

Damit beendete sie das Gespräch. Sie spürte eine seltsame Zufriedenheit. Es war richtig, was sie getan hatte. Das war längst überfällig gewesen. Und sie verbot sich, jetzt weiter darüber nachzudenken. Sie hatte wirklich andere Probleme.

Als sie das Handy weglegen wollte, sah sie, dass während des Telefonats mit Sanna jemand mehrmals versucht hatte, sie zu erreichen. Bent. Also wollte er sie doch so leicht nicht ziehen lassen.

Sie wusste nicht, wie sie reagieren sollte. Schließlich beschloss sie, einfach zurückzurufen. Doch da klopfte es bereits hektisch an ihrer Zimmertür.

Sie stand auf und öffnete. Es war Bent. Er sah aus, als wäre er einen Marathon gelaufen. Schwer atmend und völlig außer sich.

»Bent? Ist alles in Ordnung mit dir?«

»Es geht um Marit«, keuchte er, und Karen lief es augenblicklich eiskalt den Rücken runter.

»Was ist mit ihr?«

»Ich weiß nicht, was mit ihr ist. Aber wir sollten sofort ins Krankenhaus.«

Kapitel siebzehn

Bent konnte ihr nicht erklären, was genau passiert war. Auch wusste er nicht, wie ernst Marits Zustand war. So mitgenommen, wie er war, rechnete Karen allerdings mit dem Schlimmsten.

Der Krankenwagen habe sie mit Blaulicht fortgebracht, sagte er. Die Sanitäter hätten sehr besorgt ausgesehen, doch habe man ihm keine näheren Auskünfte geben wollen. Er solle ihnen ins Krankenhaus folgen und dort mit einem Arzt sprechen.

Als er Karen auf dem Weg zum Krankenhaus auf dem Handy nicht erreichen konnte, war er kurzerhand zum Hotel gefahren, um ihr zu sagen, was passiert war. Um sie gleich mitzunehmen. Karen war ihm sehr dankbar. Nicht auszudenken, wenn sie bereits auf dem Weg nach Berlin gewesen wäre, ohne zu ahnen, was passiert war.

Marit. Trug Karen die Schuld für das, was mit ihrer Mutter passiert war? Weil sie Marits ausgestreckte Hand ausgeschlagen und sie alleingelassen hatte? Karen versuchte verzweifelt, nicht an Worte wie Schlaganfall oder Herzinfarkt zu denken. Sie wollte nicht vom Schlimmsten ausgehen. Stattdessen sollte sie abwarten, bis sie mehr wussten.

Sie schickte ein Stoßgebet zum Himmel. Dass alles gut würde. Dass dieses Gespräch, das sie und Marit in der Gaststube geführt hatten, nicht das letzte gewesen wäre.

Bents Auto schoss durch die verlassenen Straßen der Stadt. Nirgends waren Menschen unterwegs. Hinter Fenstern und in Vorgärten leuchteten still Weihnachtsbäume. Eine seltsame Situation. Überall feierten die Menschen mit ihren Familien, während sie auf dem Weg zum Krankenhaus waren, ohne überhaupt zu wissen, was sie dort erwartete.

Der Schneefall wurde stärker. Was eben noch vereinzelte Flocken gewesen waren, wurde zu einem dichten Treiben. Bürgersteige und Vorgärten waren schnell von einer dünnen Schneeschicht überzogen, und zahllose Flocken tanzten durch Bents Scheinwerferlicht.

Sie schwiegen während der Fahrt. Erst als Bent auf den Krankenhaushof jagte und mit quietschenden Reifen zum Stehen kam, stieß er die Luft aus und wandte sich zu ihr um.

»Gehen wir rein«, sagte er. »Gleich wissen wir mehr.«

»Kannst du hier stehen bleiben? Im Halteverbot?«

»Sie werden mich schon nicht abschleppen. Schließlich ist Weihnachten. Das hoffe ich wenigstens.«

Sie eilten durch den Schneefall in die Eingangshalle des Krankenhauses. An der Pforte ließen sie sich den Weg zu Marit weisen. Ein Arzt sei bei ihr, versicherte ihnen die Frau am Tresen. Der würde ihnen weiterhelfen.

Im Laufschritt ging es weiter über Flure und durch Treppenhäuser. Karen war viel zu durcheinander, um sich zu orientieren. Doch Bent kannte das Krankenhaus offenbar.

Er führte sie zielstrebig zu der richtigen Station, wo ihnen eine Ärztin entgegenkam, eine junge Frau mit dunklen Locken und einer Hornbrille. Als sie Bent und Karen herbeistürmen sah, stellte sie sich ihnen instinktiv in den Weg.

»Marit Peters«, keuchte Karen. »Meine Mutter. Ist sie …? Geht es ihr gut?«

»Keine Sorge, Ihrer Mutter geht es den Umständen entsprechend.« Und weil sie bemerkte, dass damit für Karen noch keine Entwarnung gegeben worden war, fügte sie hinzu: »Sie kommt wieder auf die Beine. Es ist alles in Ordnung.«

Karen stützte sich schwer atmend an der Wand ab. Sie ging leicht in die Knie. Erst jetzt merkte sie, wie groß ihre Angst gewesen war. Wie furchtbar die Vorstellung, dass sie und Marit nach diesem verunglückten Abend auseinandergegangen wären und es keine Gelegenheit mehr gäbe, das, was zwischen ihnen stand, aus der Welt zu schaffen.

»Was ist denn überhaupt passiert?«, fragte Bent. »Sie hat plötzlich auf nichts mehr reagiert. Ihr Puls war kaum zu spüren. Ich hatte Angst, sie stirbt.«

»So schlimm war es zum Glück nicht. Sie hatte einen Schwächeanfall. Ihr Blutdruck ist abgefallen, daher der Schwindel und die Übelkeit. Sie hat kurz das

Bewusstsein verloren, aber sie wird keine bleibenden Schäden davontragen.«

»Ein Schwächeanfall«, sagte Karen und hörte selbst, wie erleichtert sie klang.

»Damit ist nicht zu spaßen. Wir müssen den Ursachen auf den Grund gehen, damit wir so etwas in Zukunft vorbeugen können.«

»Was könnten denn solche Ursachen sein?«

»Das kann eine Menge sein. Unregelmäßiger Schlaf, niedriger Blutzucker, zu geringe Flüssigkeitsaufnahme, Stress …«

Karen und Bent wechselten einen scheuen Blick. Stress. Karen spürte sofort wieder ihr schlechtes Gewissen.

»Können wir zu ihr?«, fragte Bent.

»Sie schläft jetzt. Warten Sie lieber ab. Aber wie gesagt, sie wird alles gut überstehen. Sie brauchen sich keine großen Sorgen zu machen.«

Karen wollte bleiben, bis Marit aufwachte. Sie musste sich selbst überzeugen, dass alles in Ordnung war.

Die Ärztin versprach, dass eine Schwester ihnen Bescheid geben würde, wenn Marit wach wurde. Dann verabschiedete sie sich und verschwand auf der Station.

Karen und Bent blieben allein zurück. Sie vermieden es, sich anzusehen. In die Freude über Marits Gesundheitszustand mischte sich nun Verlegenheit. Beide dachten an den unschönen Abschied vor dem Gasthof.

»Dann gehe ich mal und parke mein Auto um«,

sagte er. »Nicht, dass meinetwegen einer vom Abschleppdienst am Heiligabend rausmuss.«

»Gut. Und ich guck mal, ob ich irgendwo einen Kaffee kriege.«

Erleichtert trennten sie sich und gingen getrennte Wege. Nach ein paar Schritten blickte Karen sich unbehaglich um, doch er war schon im Treppenhaus verschwunden. Erst mal in Ruhe über alles nachdenken, sagte sie sich. Sie wusste weder, wie sie mit Marit umgehen sollte, noch wusste sie, wie sich die Sache mit Bent wieder einrenken ließe.

Sie fragte im Schwesternzimmer nach einem Kaffeeautomaten, und man schickte sie ans andere Ende des Krankenhauses, wo in einer Cafeteria noch Getränke und Snacks am Automaten zu bekommen wären. Karen brauchte eine Weile, doch schließlich fand sie den Raum. Er lag im Halbdunkel, erhellt nur vom indirekten Licht, das durch eine Glasfront fiel, und von der bläulichen Beleuchtung der Automaten, die in einer Ecke standen und vor sich hin surrten.

Karen warf eine Münze ein und wartete, bis der Kaffee ratternd und gurgelnd in einen Becher gefüllt worden war. Dann nahm sie auf einem der Stühle Platz, die im Halbdunkel an der Wand standen. Jenseits der Glasfront war ein Anmeldetresen, an dem eine ältere Frau vor einem kleinen Fernseher saß. Karen musste nur einen Blick auf den Bildschirm werfen, um zu erkennen, was gezeigt wurde: »Drei Nüsse für Aschenbrödel«. Die Frau hatte die Kerze eines Adventsgestecks angezündet und aß Plätzchen. Auch eine Art, Weihnachten zu verbringen, dachte Karen.

Sie trank den heißen Kaffee und ließ erst einmal sacken, was passiert war. Fragte sich, wie sie mit der Situation umgehen sollte. Was sie Marit sagen sollte.

Konnte sie Marit erklären, wie sie sich als Kind gefühlt hatte? Wie alleingelassen von ihrer Mutter? Nein. Das fühlte sich nicht richtig an.

Was nun?, fragte sie sich. Was soll ich tun?

Ein eierndes Quietschen ertönte. Karen sah verwundert auf. Das Quietschen näherte sich, hielt kurz inne, dann tönte es weiter. Die Tür flog auf, und ein schmaler Junge in einem Krankenhaushemd und mit einem monströsen Infusionsständer schlurfte herein. Er warf Karen einen gelangweilten Blick zu, dann schob er den nervtötend lärmenden Ständer weiter zum Automaten.

»Deine Räder müssen mal geölt werden«, sagte sie.

»Ich glaub nicht, dass das jemanden interessiert.«

»Ach, nein? Und wieso nicht?«

»Ich darf mein Zimmer nicht verlassen.«

Sie musste lächeln. Der Junge gefiel ihr.

»Und was machst du dann hier?«

»Ich hab Hunger.«

Er arbeitete sich zum Snackautomaten vor und warf ein Geldstück ein. Dann drückte er eine Taste. Karen betrachtete ihn eingehender. Er war kaum mehr als Haut und Knochen, außerdem hatte er eine Glatze. Natürlich dachte sie sofort an Chemotherapie. Es gab eine Kinderkrebsstation im Krankenhaus. Möglich, dass er von dort kam.

Er schlug mit der flachen Hand gegen den Automaten. Offenbar steckte etwas fest. Er donnerte wieder dagegen und fluchte leise. Doch sein Schokoriegel blieb im Innern hängen.

»Hast du vielleicht einen Euro?«, fragte er Karen.

Sie fischte ein Geldstück hervor und warf es ihm zu. Er fing es ruhig und sicher auf. Obwohl er furchtbar krank und schmächtig aussah, musste er sportlich sein. Seine Bewegungen erinnerten sie an Enno. Er musste ungefähr in dem Alter sein, in dem Enno war, als er krank wurde, vielleicht ein bisschen jünger. Eher zwölf oder dreizehn, tippte sie.

Der Junge warf die Münze ein und drückte erneut die Taste. Nun fielen beide Schokoriegel heraus. Er mühte sich ab, um sie aus der Klappe hervorzuziehen. Dann schob er den quietschenden Infusionsständer zu Karen hinüber und ließ sich erschöpft neben sie auf einen Sitz fallen.

»Hier. Dein Schokoriegel«, sagte er und reichte ihr einen der beiden.

»Danke.« Karen nahm ihn entgegen.

Sie betrachtete den Jungen heimlich, als er seinen Riegel aufriss. Ihm fehlten nicht nur die Haare. Auch Wimpern und Augenbrauen waren ausgefallen. Unter seinem Krankenhaushemd trug er ein T-Shirt von Werder Bremen. Die Art, wie er den Schokoriegel hinunterschlang, ließ sie wieder an Enno denken.

»Ah, Zucker«, schwärmte er. »Endlich.«

»Wieso? Kriegst du sonst keinen Zucker?«

»Meine Mutter will das nicht. Sie sagt, Zucker füttert die Krebszellen.«

»Und? Tut er das?«

Er grinste schief. »Das ist sowieso egal.«

Die Antwort verunsicherte Karen. Wie konnte das egal sein? Zu sehen, wie er schwelgerisch die Schokolade aß, bereitete ihr nun Unbehagen.

Sie blickte durch die Glasfront zu der Frau, die versonnen in den Fernseher sah, wo der Prinz gerade mit seinem Aschenputtel durch eine Schneelandschaft ritt. Hier im Halbdunkel zu sitzen, mit einem krebskranken Jungen, der heimlich Schokolade aß, das fühlte sich an, wie während der großen Pause hinter der Turnhalle Zigaretten zu rauchen.

»Ich bin jedenfalls nicht verantwortlich«, sagte sie.

»Keine Angst. Ich werde niemandem sagen, dass du mich gezwungen hast.«

»Wo sind denn deine Eltern? Heute ist doch Heiligabend. Bist du ganz allein?«

»Nein. Wir haben zusammen auf meinem Zimmer gefeiert. Meine Eltern haben einen Weihnachtsbaum aufgebaut. Mein Vater hat sich sogar als Weihnachtsmann verkleidet. Das war voll peinlich.« Dennoch lächelte er, als er das erzählte. »Als wäre ich sechs oder so. Aber dann haben wir Bescherung gemacht, und irgendwie war es doch ganz cool.«

»Was hast du geschenkt bekommen?«, fragte sie.

»Bettwäsche von Werder Bremen. Sag jetzt nichts, ich weiß, wie sich das anhört. Aber ich hasse die Bettwäsche hier. Die ist mehr als trostlos.«

»Bist du Werder-Fan?«

»Und wie. Mein Vater kommt aus Bremen. Ich hab das wohl von ihm geerbt.«

»Und was hast du noch bekommen?«

»Ein paar coole DVDs. Und irgend so ein zuckerfreies Zeug, das viel besser sein soll als Schokolade, wie meine Mutter sagt. Ach, und dann noch Karten fürs Weser-Stadion. Für das Spiel Bayern gegen Bremen.«

»Das ist doch toll!«

»Es ist erst im Februar. Zu spät für mich.«

Für einen Moment war Karen sprachlos. Er sagte das, als gehe es ums Wetter. Als sei es ein Naturgesetz.

»Das weißt du doch gar nicht.«

Er warf ihr einen Blick zu, und sie verstand sofort, dass sie sich irrte. »Doch«, sagte er.

Sie verfielen in Schweigen. Das zerrissene Papier des Schokoriegels lag in seinem Schoß. Wortlos blickten sie durchs Fenster in den Vorraum, wo der Abspann vom Aschenbrödel lief und die Frau seufzend nach ihren Lebkuchen griff.

Karen nahm seine Hand. Sie wusste nicht, weshalb sie das tat. Es war so selbstverständlich, als würde sie Ennos Hand nehmen. Die Hand des Jungen zuckte kurz. Er schien überrascht zu sein. Doch Karen ließ ihn nicht los, den Blick weiterhin auf den Fernseher gerichtet, und schließlich ließ er die Berührung zu. Er erwiderte den Druck sogar.

Eine Weile sagte keiner von beiden etwas. Dann deutete der Junge auf Karens angebissenen Schokoriegel. »Isst du den noch?«

»Nein.« Sie lächelte. »Du kannst ihn haben.«

Er schnappte sich den Schokoriegel und biss hinein. Er war so jung, dachte sie. So wie Enno. Wie musste es sich anfühlen, in diesem Alter zu sterben? Wie hatte es sich für Enno angefühlt? War das überhaupt vergleichbar? Bei Enno war alles ganz plötzlich gegangen. Hatte er überhaupt gewusst, was mit ihm passierte? Dass er sterben würde?

»Hast du Angst?«, fragte sie.

Er zuckte mit den Schultern. Es schien, als müsse er darüber nachdenken.

»Manchmal. Manchmal nicht.«

»Ich hätte ganz bestimmt Angst.«

»Ich habe Angst, meine Freunde zu verlieren. Und meine Familie. Manchmal habe ich Angst vor den Schmerzen, die kommen werden.«

»Was die Schmerzen angeht, die sollen hier ziemlich gute Drogen haben.« Sie freute sich über sein Lachen. »Und was ist mit dem Tod? Hast du vor dem keine Angst?«

»Nein. Meistens jedenfalls nicht.«

Wenn sie daran glauben könnte, Enno nach dem Tod wiederzusehen, vielleicht hätte sie dann auch keine Angst. Doch dieser Glaube fehlte ihr.

»Ich hatte mal einen Bruder«, sagte sie. »Der war ungefähr so alt wie du.«

»Er ist gestorben«, stellte er fest.

»Ja. Mit vierzehn.«

»Wie lange ist das her?«

»Sehr lange. Ich war damals erst zwölf.«

»Und wie alt bist du jetzt?«

»Ich?« Sie lachte. »Uralt. Ich bin einundfünfzig.«

»Fehlt er dir noch?«

»Ja. Jeden Tag.«

Nun war er es, der ihre Hand nahm. Karen musste gegen ihre Tränen kämpfen. Warum mussten Kinder sterben? Wie konnte so etwas überhaupt möglich sein? Wie konnte das Schicksal so etwas zulassen?

»Manchmal denke ich, dass ich das Leben vermissen werde«, sagte er. »All das, was ich nicht machen kann. Ich möchte einmal mit einem Mädchen zusammen sein. Das würde ich mir wirklich wünschen. Ich möchte nicht einfach verschwinden, ohne das einmal erlebt zu haben. Wie es ist, mit einem Mädchen.«

Bis eben war er ihr so stark vorgekommen, wenn man daran dachte, was ihm bevorstand. Wie einer, der sich von nichts unterkriegen lässt. Doch jetzt erkannte sie Sehnsucht in seinem Blick. Verlust und Bedauern.

»Das wünschte ich mir auch für dich«, sagte sie, weil es nichts gab, was sie sonst sagen konnte.

Von der anderen Seite der Fensterfront waren Stimmen zu hören. Ein Mann und eine Frau standen vor dem Tresen, sie redeten auf die ältere Dame ein. Die Frau war in Tränen aufgelöst, der Mann kalkweiß im Gesicht und um Fassung bemüht. Karen konnte nicht verstehen, was gesagt wurde, doch schwangen Verzweiflung und Hilflosigkeit in den Wortfetzen mit, die im Aufenthaltsraum zu hören waren.

In dem Fernseher am Tresen lief nun »Der kleine Lord«. Volles Weihnachtsprogramm. Die Dame hatte offenbar zwischen den Kanälen herumgezappt, denn der Film ging bereits dem Ende zu, wie Karen sofort erkannte. Nun aber war die Ruhe der Dame von dem Paar, das völlig aufgelöst war, gestört worden. Sie wirkte überfordert, sagte etwas, doch die beiden ließen sich nicht beruhigen. Der Fernseher lief derweil unbeachtet weiter.

»Das sind meine Eltern«, sagte der Junge.

Karen blickte erschrocken auf. Die beiden wirkten völlig außer sich. »Suchen sie dich vielleicht?«

»Ich glaub nicht. Alle denken, ich schlafe. Sie ... es fällt ihnen nicht leicht. Das ist alles.«

Plötzlich begriff Karen. Die beiden waren hoffnungslos. Es war Weihnachten, und sie mussten sich von ihrem Kind verabschieden. Natürlich waren sie verzweifelt und völlig überfordert. Sie konnten ja nicht ahnen, dass ihr Sohn sie beobachtete. Dass er sich heimlich in den Aufenthaltsraum geschlichen hatte, um Schokolade zu essen.

Sie wollte den Jungen am liebsten vor dem Anblick schützen, doch er schien nicht im Geringsten beunruhigt zu sein. Seine Eltern so verzweifelt zu sehen brachte ihn nicht aus der Fassung. Im Gegenteil. Er wirkte ernst und besonnen.

»Ich muss ihnen helfen«, erklärte er.

»Wie meinst du das, ihnen helfen?«

»Sie verstehen nicht, was mit uns passiert.«

»Verstehst du denn, was passiert?«

»Besser. Ich weiß, was kommen wird. Was mich erwartet.«

Karen konnte den Anblick der verzweifelten Eltern kaum ertragen. Sie konnte nicht fassen, dass er so ruhig bleiben konnte.

»Ich muss ihnen helfen, das anzunehmen. Sie schaffen das nicht allein. Ich muss für sie da sein.«

Das machte Karen sprachlos. Waren Eltern nicht dafür da, ihren Kindern zu helfen? Um für sie stark zu sein und ihnen Orientierung zu geben? Wie konnte es sein, dass ein Kind diese Rolle für seine Eltern übernehmen musste?

»Und was ist mit dir?«, fragte sie, wobei mitschwang: Wer ist für dich da? Sie wollte es nicht so deutlich sagen, doch der Junge schien es dennoch zu verstehen.

»Sie brauchen mich dringender. Ich bin stärker als sie. Ich habe weniger Angst vor dem, was kommt.«

Jenseits der Scheibe tauchte die Ärztin auf, die schon Karen und Bent empfangen hatte. Sie redete mit den beiden, legte tröstend den Arm um die schluchzende Mutter und führte seine Eltern aus ihrem Blickfeld. Die ältere Dame am Tresen ließ sich auf ihren Stuhl sinken. »Der kleine Lord« flimmerte weiter über den Bildschirm, doch sie achtete nicht mehr darauf.

Der Junge bemerkte, wie verunsichert Karen war.

»Ich glaube, es geht einfach darum, dass wir zusammengehören«, erklärte er. »Wir müssen den Weg gemeinsam gehen. Wenn ich ihnen helfen kann, ist das doch was Gutes. Wir müssen das zusammen machen.«

Marit kam ihr in den Sinn. Wäre es nicht einfach für Karen, Marit die Hand zu reichen? Wenn die es für sich brauchte, sich einzureden, sie wäre damals für ihre Tochter da gewesen, was war so schlimm daran? Karen war stark genug, das auszuhalten. Sie war stark genug, Marit zu helfen. Warum konnte sie nicht so selbstlos sein wie dieser Junge?

Gern hätte sie ihn gefragt, woher er diese Kraft nahm. Wie er das alles aushalten konnte? Ob er keine Sehnsucht danach hatte, sich selbst bei jemandem anzulehnen. Auch einmal schwach sein zu dürfen. Kind zu sein. Doch das war unmöglich. Damit hätte sie eine Grenze überschritten, das spürte sie.

Stattdessen fragte sie: »Hast du wirklich keine Angst vor dem Tod?«

»Ich denke nicht. Keine Ahnung. Ich glaube, wenn es so weit ist, geht es nur um eine Frage.«

»Und welche ist das?«

Er drehte sich ihr zu und strahlte plötzlich. Nun glaubte sie tatsächlich, Enno vor sich zu haben. Das ironische Aufblitzen in seinen Augen, das schiefe Grinsen.

»Das ist ganz einfach«, sagte er und zwinkerte. »Die Frage ist: Traust du dich zu springen?«

Kapitel achtzehn

Sie hätte nicht sagen können, wie lange sie dort gesessen und mit dem Jungen geredet hatte, doch irgendwann flog die Tür auf, und Bent tauchte im Aufenthaltsraum auf.

»Karen! Endlich, da bist du ja.«

»Ist was passiert?«

»Marit ist aufgewacht. Wir können zu ihr.«

Karen sprang auf. Sie wandte sich dem Jungen zu, einerseits aufgeregt, weil sie mit Marit sprechen konnte, andererseits zögerlich, weil sie ihn nicht allein lassen wollte.

»Geh schon«, sagte er. »Komm mich mal besuchen.«

»Das mache ich. Versprochen.«

Sie folgte Bent hinaus auf den Flur.

»Wie geht es ihr?«, fragte sie.

»Ich war auch noch nicht bei ihr. Aber es soll ihr den Umständen entsprechend gut gehen. Wir werden sehen.«

Während sie durch die langen Flure zu der anderen Abteilung gingen, verstummten sie wieder. Die unsichtbare Wand, die zwischen ihnen stand, ließ sich nicht so leicht beiseiteschieben. Ihnen beiden war bewusst, dass sie sich ohne Marits Schwächeanfall wahrscheinlich für lange Zeit nicht wiedergesehen hätten.

Karen hätte sich gern entschuldigt. Doch sie wusste nicht, wie sie es anfangen sollte. Stattdessen blickte sie zu Boden, bis sie Marits Zimmer erreicht hatten.

Als Bent die Tür aufschob und vorsichtig hineinschaute, bekam Karen plötzlich Angst vor dem Wiedersehen mit Marit.

»Bent«, sagte ihre Mutter schwach, als sie ihn in der offenen Tür entdeckte. »Tut mir leid, dass ich dir so einen Schreck eingejagt habe. Das wollte ich nicht.«

»Unsinn. Wir sind nur froh, dass es nichts Ernstes ist.«

Nun erkannte sie, dass Karen ebenfalls das Krankenzimmer betrat. Sie wirkte verlegen.

»Karen. Du bist hier?«

»Natürlich bin ich hier. Denkst du, ich fahre nach Berlin zurück, wenn ich nicht weiß, was mit dir ist?«

Karen trat ans Bett, und Marit nahm ihre Hand. »Ach, das ist schön«, sagte sie, und ihre Stimme verriet, dass die Medikamente, die man ihr gegeben hatte, noch nachwirkten.

»Es tut mir nur leid um das Weihnachtsessen«, sagte sie zu Bent. »Du hast alles so schön vorbereitet für den ersten Weihnachtstag.«

»Keine Sorge. Das mach ich dir warm, wenn du nach Hause kommst«, scherzte er. »Glaub nicht, dass ich dir was Neues koche.«

»So ist es richtig«, lachte sie und wirkte schon ein bisschen lebendiger. »Erst wird der Teller leer gemacht. Vorher gibt es nichts Neues.« Zu Karen sagte sie: »Bleibst du auch bis morgen?«

»Ich bleibe, bis du wieder auf den Beinen bist. Du musst in Zukunft besser auf dich aufpassen.«

»Das freut mich. Dann können wir zusammen Reste essen.«

Marit hielt noch immer ihre Hand. Seltsamerweise spürte Karen keinen Impuls, sie zurückzuziehen. Sie dachte an den Jungen aus dem Aufenthaltsraum. An die Kraft, mit der er seine Familie zusammengehalten hatte. Eines Tages würde sie mit Marit über das reden müssen, was nach Ennos Tod gewesen war. Doch nicht heute. Heute wollte sie einfach für sie da sein.

Ihre Mutter wechselte einen Blick mit Bent. Der machte plötzlich einen Schritt zurück.

»Ich lass euch mal allein«, sagte er. »Ich muss kurz für kleine Jungs. Komm gleich wieder.«

Im nächsten Moment war er auch schon verschwunden. Sie blieben im Krankenzimmer zurück. Draußen vorm Fenster wirbelten dicke Schneeflocken umher. Es war ganz still.

»Ein so netter Mann«, sagte Marit.

»Ja. Das ist er.«

Karen blickte nachdenklich zur Tür.

»Wie auch immer. Das mit uns wird eh nichts.«

»Nein? Dabei sieht es für mich ganz anders aus.«

»Ich habe etwas sehr Dummes gesagt. Vielleicht habe ich damit alles kaputtgemacht.«

Karen wunderte sich über sich selbst. Sie hatte nie mit ihrer Mutter über so persönliche Dinge gesprochen.

»Ich glaube nicht, dass du etwas kaputtgemacht hast.«

»Nein? Wieso nicht?«

»So schnell passiert das nicht. Das würde ich merken. Ihr habt euch doch gerade erst kennengelernt. Bent lässt sich nicht so schnell verunsichern.«

»Aber woher willst du das wissen?«

»Weil ich sehe, wie er dich ansieht. Glaub mir, er fühlt sich zu dir hingezogen, immer noch. Das sieht nun wirklich ein Blinder mit einem Krückstock. Er hält große Stücke auf dich, Karen. Egal, was du gesagt oder getan hast.«

Ob ihre Mutter damit recht hatte? Karen schaffte es nicht, ein Strahlen zu unterdrücken, das sich auf ihrem Gesicht ausbreitete.

Karen musste an ihr verunglücktes Gespräch unterm Weihnachtsbaum denken. Marit erkannte das offenbar, denn sie sagte: »Schön, dass du da bist, Karen.«

»Es tut mir leid, dass ich einfach gegangen bin. Ich bin wohl auch verantwortlich dafür, dass du hier liegst.«

»O nein. Das bist du nicht. Ich habe mit der Ärztin gesprochen. Wie es aussieht, habe ich viel zu wenig getrunken. Nur den Kaffee morgens. Der lange Tag, die Anstrengung. Und dann noch Alkohol zum Essen. Das war alles zu viel.«

Marit setzte sich mühsam im Bett auf.

»Ich muss dir etwas sagen ...«, begann sie.

»O bitte. Das ist nicht nötig, Mama.«

»Doch. Ich kann verstehen, warum du gegangen bist. Ich weiß, dass ich dir nicht immer eine gute Mutter gewesen bin.«

»Bitte, Mama. Nicht jetzt.«

»Doch. Ich ... ich habe wirklich versucht, für dich da zu sein.«

Marit starrte auf ihre Hände. Karen wusste nicht, was sie sagen oder tun sollte. Marit musste sich schonen. Karen machte sich Sorgen, dass dies zu viel für sie sein könnte. Doch ihre Mutter sprach weiter. Sie wollte offenbar etwas loswerden, und Karen konnte nichts dagegen tun.

»Als Enno gestorben ist«, begann sie, ohne Karen anzusehen, »da dachte ich, ich wäre mit ihm gestorben. Ich wäre ebenfalls tot. Es gab kein Licht mehr für mich. Keinen Lebenswillen. Gar nichts. Es war, als wäre ich gar nicht mehr in meinem Körper. Als würde ich nicht mehr existieren. Ich war taub für alles, konnte nichts mehr empfinden. Es gab nur Dunkelheit.«

»Mama, du musst mir nicht ...«

»Doch. Ich möchte versuchen, es zu erklären – das bin ich dir schuldig. Wir haben es als Familie nicht geschafft, Ennos Tod zu bewältigen. Jeder von uns hat sich bemüht, allein weiterzumachen. Aber wir haben nicht zusammen getrauert. Dein Vater und ich nicht. Und dich haben wir mit deiner Trauer völlig alleingelassen. Das hätten wir nicht tun dürfen.«

Sie holte Luft. Wirkte plötzlich sehr blass. Karen

setzte sich zu ihr aufs Bett. Sie wusste nicht, was sie sagen sollte. Also strich sie ihr zaghaft über den Arm.

»Weißt du noch, am Anfang, als ich immer in seinem Zimmer war?«, fragte Marit. »Als ich in seinem Bett geschlafen habe und nicht mehr den Raum verlassen wollte? Natürlich weißt du das noch. Es muss schrecklich für dich gewesen sein. Jedenfalls, da hing ein Haken in der Decke. Du weißt schon, dieser dicke Haken, an dem er seine Hängematte festgemacht hatte. Dein Vater hatte ihn angebracht, und er saß so fest, nichts hätte ihn aus der Decke holen können.«

»Lass das doch, Mama«, sagte Karen, doch Marit redete weiter.

»Ich habe ein paarmal gedacht, ich tue es wirklich. Ich nehme die Kordel aus meinem Morgenmantel, und dann … Der Haken hätte gehalten, da bin ich ganz sicher. Der Gedanke zu sterben, all diesen Schmerz hinter mir zu lassen, fühlte sich so richtig an. Und es wäre der richtige Ort dafür gewesen. Alles passte. Wozu sollte ich noch leben?«

Karen sagte nichts. Ihre Mutter wirkte so zerbrechlich, dass kein Vorwurf und keine Schuldzuweisung denkbar waren.

»Weißt du, wieso ich es nicht getan habe? Warum ich diesem Wunsch nicht nachgegeben habe? Obwohl es das Beste war, was ich mir vorstellen konnte? Vielleicht hört sich das jetzt falsch für dich an, aber ich schwöre dir, ich habe es deinetwegen nicht getan. Sobald ich an dich gedacht habe, konnte ich es nicht zu Ende bringen. Es war unmöglich. Vielleicht waren wir damals so weit voneinander entfernt, als hätten wir auf unterschiedlichen Planeten gelebt. Trotzdem konnte ich dem Ganzen kein Ende setzen. Weil es dich gab. Und das war das Einzige, was mir geblieben war.«

Karen wollte etwas erwidern, doch Marit wehrte ab. Sie wollte ihre Geschichte zu Ende bringen.

»Ich weiß, dass ich nicht für dich da war, wie ich es hätte sein müssen. Wie es meine Pflicht gewesen wäre, mich um mein lebendes Kind zu kümmern. Ich habe dich im Stich gelassen. Doch auch wenn ich für dich nicht auf die richtige Weise sorgen konnte, auch wenn du geglaubt hast, dass ich dich vergessen hätte – wenn du nicht gewesen wärst, dann wäre ich Enno gefolgt.«

Endlich sah sie von ihren Händen auf. Sie hatte Tränen in den Augen. »Ich wünschte, es wäre anders gewesen, Karen. Ich wünschte, ich wäre eine bessere Mutter gewesen.«

»Ach Mama …« Karen rutschte weiter auf die Matratze und legte den Arm um sie. Sie wirkte so bedürftig nach Nähe, dass Karen sie nur halten wollte.

»Es muss schrecklich gewesen sein«, sagte Marit. »Bei uns war damals kein Platz für ein lebendes Kind.«

Tränen liefen über ihre Wangen. Auch wenn sie mit aller Kraft versuchte, sie zurückzuhalten. Karen glaubte, weil ihre Mutter kein Mitleid wollte. Weil sie zu ihrer Beichte stehen wollte.

»Werden wir Weihnachten richtig nachfeiern?«, fragte Marit. »Wenn ich aus dem Krankenhaus bin?«

Karen lächelte. »Das müssen wir. Du hast Bent ja gehört. Die Reste müssen gegessen werden.«

Nun lachte Marit. Sie wischte sich die Tränen ab. Lehnte sich an die Schulter ihrer Tochter und lachte und weinte.

»Danke, dass du da bist«, sagte sie, und Karen hörte, was sie damit ausdrücken wollte: Danke, dass du mir vergibst. Denn das tat sie, wie sie zu ihrer eigenen Überraschung feststellte. Dieses Geständnis reichte aus, all die Wut und den Groll aufzulösen. Sie konnte alles loslassen.

Sie schob sich weiter aufs Bett, ließ nur noch ihre Schuhe über die Matratze hinausragen.

»Diese Bettwäsche ist wirklich scheußlich«, stellte sie fest. »Findest du nicht?«

Karen blieb über Nacht im Krankenhaus. Sie schlief in dem freien Bett, das neben dem ihrer Mutter stand. An den Weihnachtstagen waren viele Betten unbelegt, und keine der Schwestern nahm Anstoß daran, dass Karen bei ihrer Mutter bleiben wollte. Im Gegenteil, am nächsten Morgen landeten zwei Frühstückstabletts in dem Krankenzimmer ihrer Mutter.

Nach dem Frühstück kam Bent zu Besuch. Es war noch nicht klar, ob Marit entlassen werden würde. Sie sollte abwarten, bis die Ärztin mit ihr sprechen konnte. Danach würden sie entscheiden, ob sie noch zur Beobachtung bleiben sollte oder nach Hause konnte. Bent bot Karen an, sie derweil zum Hotel zu fahren, damit sie duschen und sich umziehen konnte. Zwar wäre sie gern bei Marit geblieben, doch eine Dusche wäre wundervoll. Außerdem würden sie sich später sehen, und wenn alles gut ging, würde Karen ihre Mutter dann nach Hause bringen können.

Gemeinsam gingen Bent und Karen durch die Flure zum Ausgang. Sie waren immer noch ein bisschen scheu und wortkarg miteinander. Am Tresen neben dem Aufenthaltsraum stand ein junger Arzt, der am Weihnachtstag offenbar Dienst hatte. Er blätterte in einer Akte und redete mit der Frau hinterm Tresen.

»Warte kurz, Bent«, sagte sie und fing den Arzt ab, als er gerade die Akte ablegte. »Entschuldigen Sie. Ich suche einen Jungen, der auf der Krebsstation liegt. Den Namen weiß ich leider nicht. Ich habe ihn gestern kennengelernt. Er ist zwölf oder dreizehn. Trägt ein Werder-Bremen-T-Shirt.«

»Ach, Sie meinen Niklas.«

»Ja, kann sein. Wo liegt er? Kann ich ihn besuchen?«

»Das geht leider nicht. Sein Zustand erlaubt keine Besucher.«

»Gestern Abend ging es ihm noch gut. Ich habe ihn im Aufenthaltsraum getroffen.«

»Gestern Abend? Nein, da irren Sie sich. Er konnte gestern sein Zimmer nicht verlassen. Er ist sehr krank.«

»Er hat sich rausgeschlichen. Um Schokolade zu essen.«

»Wirklich. Sie müssen ihn verwechseln.«

Der Arzt lächelte professionell und drückte sich an ihr vorbei, um seiner Arbeit nachzugehen.

»Bent. Du hast ihn doch auch gesehen. Den Jungen im Werder-Bremen-T-Shirt? Gestern Nacht im Aufenthaltsraum?«

Bent blickte irritiert. »Ich kann mich nicht mehr erinnern«, sagte er.

»Er saß direkt neben mir!«

»Kann sein. Ich war so aufgeregt, weil wir zu Marit konnten …«

Der Arzt hob die Schultern. »Tut mir leid. Sie müssen sich irren. Wenn Sie mich jetzt entschuldigen würden?«

Damit wandte er sich ab und eilte davon. Karen ließ den Blick durch die Fensterfront in den Aufenthaltsraum schweifen. Er lag im grauen Licht des Wintermorgens. Alles wirkte kühl und verwaist. Nichts deutete mehr auf die Begegnung gestern Nacht hin.

»Wir fragen später nach dem Jungen«, schlug Bent vor. »Vielleicht verbessert sich sein Zustand. Dann kannst du ihn besuchen.«

War es denkbar, dass sie sich das Ganze nur eingebildet hatte? Nein, das war unmöglich. Es gab hier einen Jungen im Werder-Bremen-T-Shirt, der Niklas hieß. Er war nicht ihrer Phantasie entsprungen. Sie würde wiederkommen. Und ihn besuchen. Vielleicht heimlich Schokolade mitbringen.

»Du hast recht«, sagte sie. »Ich besuche ihn später.«

»Dann komm. Fahren wir zum Hotel.«

Sie traten hinaus auf den Parkplatz. Alles war tief verschneit. Die Äste der Bäume bogen sich unter der Schneelast, Dächer und Vorgärten waren unter einer weißen Decke verschwunden, überall glitzerte der Schnee im Morgenlicht. Es war das reinste Winterwunderland.

»Da vorn steht mein Wagen«, sagte Bent.

Doch Karen hielt ihn zurück. Sie blieb im Schnee stehen und lächelte verlegen. Ein paar Flocken tanzten zwischen ihnen. Karen achtete nicht auf sie. Sie spürte weder Schnee noch Kälte.

»Ich schulde dir eine Entschuldigung«, sagte sie.

»Du schuldest mir gar nichts.«

»Doch«, beharrte sie. »Das tue ich.«

Er betrachtete sie nachdenklich. Dann lächelte er.

»Was hältst du von einem Spaziergang auf dem Deich?«, fragte er. »Es ist wundervoll da draußen. Jetzt, wo alles eingeschneit ist, mit den Wolken und dem rauen Meer … Das musst du dir ansehen, es ist einfach großartig.«

»Das hört sich gut an.« Marit hatte recht. Er würde ihr verzeihen. Das spürte sie. »Ich bin dabei. Kann es gleich losgehen?«

»Meinetwegen«, lachte Bent. »Es kann losgehen.«

Kapitel neunzehn

Der Gasthof lag samt Garten und Strandweg unter einer dicken Schneeschicht. Eiszapfen hatten sich am Reetdach gebildet, nachdem mittags die Sonne herausgekommen war und der Schnee zu schmelzen begann. Mit der Dämmerung kehrte allerdings der Frost zurück, und während das Licht schwand, flammten überall in den Vorgärten Weihnachtsbäume auf, die mit zahllosen kleinen Lichtern die Dunkelheit erhellten.

Bent hatte im Gasthof ein paar Tische umgestellt. Sein größter Tisch war nun zwischen Weihnachtsbaum und Herdfeuer platziert, damit alle Platz fanden. Denn das Haus war plötzlich voller Menschen. Hannah und Jonas waren aus Berlin gekommen, einen Tag früher als geplant.

»Die Weihnachtsparty war voll daneben«, erklärte Hannah ihr Auftauchen. »Es war total wenig los. Jonas sagt, das liegt daran, dass alle Zugezogenen wegen Weihnachten in die Provinz gefahren sind, wo sie herkommen, und da feiern gehen. In Berlin ist nix los.«

»Und wie war's bei deinem Vater?«, fragte Marit.

»War okay. Aber irgendwann wurde es langweilig. Und bei Jonas' Eltern war voll Weihnachtsterror. Wir wollten ja sowieso Oma besuchen … Aber sag mal, Mama, wieso bist du denn noch hier?«

»Das hat sich so ergeben. Ist eine lange Geschichte.«

Kaum hatten sich alle hingesetzt, tauchten Jens und seine Töchter auf. Larissa trug ein neues iPhone wie eine Trophäe vor sich her, wie einen hart erkämpften Sieg. Marie hielt stolz einen Schminkkasten unterm Arm. Sie sah aus wie ein Clown aus einem Horrorfilm, doch das störte sie nicht. Im Gegenteil, sie konnte gar nicht genug davon bekommen, Highlighter und Lidschatten auszuprobieren.

»Karen, darf ich dir Smokey Eyes machen?«, bettelte sie.

Karen wehrte energisch ab. Sie wollte auf keinen Fall, dass Bent sah, wie sie sich ebenfalls in einen Horror-Clown verwandelte. Schließlich war es Hannah, die sich als Versuchskaninchen zur Verfügung stellte. Karen wunderte sich darüber. Offenbar war die Sache mit Jonas was Ernstes. Hannah musste ihm vertrauen, sonst hätte sie sich niemals von Marie bemalen lassen. Da war ihre Tochter offenbar weiter als sie selbst.

Jonas war ein stiller und freundlicher Junge. Karen wollte sich nicht direkt auf ihn stürzen, doch sie hoffte, dass sie noch die Gelegenheit bekäme, ein wenig mit ihm zu plaudern. Vorerst begnügte sie sich damit zuzusehen, wie er sich köstlich darüber amüsierte, dass Hannah ein Make-up verpasst bekam, was an Tintenkleckse denken ließ.

Bent war in der Küche abgetaucht. Weihnachtliche

Gerüche zogen herüber. Es roch nach Lorbeer und Rosmarin und Thymian, nach Orange und Nelke, nach Honig und Zimt. Alle Köstlichkeiten der Winterküche.

»Hast du eine Ahnung, was er da zaubert?«, wollte sie von Marit wissen, doch ihre Mutter zuckte nur mit den Achseln.

»Er wollte nichts verraten«, sagte sie. »Wir müssen uns überraschen lassen.«

»Ist es denn kein Problem, dass wir auf einmal so viele Leute sind? Damit hat er doch gar nicht gerechnet.«

»Er will ein Restaurant eröffnen«, lachte Marit. »Wenn er nicht spontan fünf Gäste mehr bewirten kann, wäre er wohl fehl am Platz.«

Wahrscheinlich stimmte das. Außerdem wirkte Bent überhaupt nicht gestresst. Im Gegenteil, er freute sich über den unerwarteten Besuch. Karen hatte ein schlechtes Gewissen gehabt, weil Hannah und Jonas unangemeldet dazugekommen waren. Doch Bent hatte nur gesagt: »Je mehr, desto besser. Schön, deine Tochter kennenzulernen.«

Die Gerüche, die aus der Küche drangen, machten sie zunehmend neugierig. Auch den anderen schien es so zu gehen. Alle hatten Hunger.

Nur Jonas, der auf der Eckbank am Fenster saß, blickte versonnen durch das Sprossenfenster hinaus in Richtung Strand.

»Das ist echt cool hier«, sagte er mehrmals, und irgendwann fragte er Karen voller Bewunderung: »Und hier sind Sie aufgewachsen?«

»Nicht weit von hier entfernt«, antwortete Hannah statt ihrer Mutter. »Ein paar hundert Meter da runter, siehst du? In einer kleinen Kate hinterm Deich.«

»Cool. Echt cool. Können wir die anschauen?«

»Na klar. Da wohnt Oma.«

»Wieso sind Sie von hier weggezogen?«, fragte er.

Karen lachte. »Das hat viele Gründe. Vor allem fand ich Berlin ziemlich spannend.«

Er blickte sie an, als könne er das nicht glauben, und sah wieder hinaus in die eingeschneite Marschlandschaft.

»Ich würde hier einen Biohof aufmachen. Und dann mit den Tieren in der Natur leben. Bienen züchten. Und einen Hofladen aufmachen.«

Karen amüsierte sich über diese Träumereien. Das war typisch für Großstadtkinder. Sie hatten ihre eigenen Vorstellungen vom Landleben. Die sich bestimmt schnell ändern würden, wenn sie sie wahr machten.

»Ich stelle mir das jedenfalls toll vor, hier zu leben«, sagte er.

»Mama hat von Berlin schon lange die Nase voll«, mischte sich Hannah ein. »Wer weiß, wie lange das noch dauert.«

»Wie lange was noch dauert?«, fragte Karen.

»Bis du aus Berlin verschwindest. Sei doch ehrlich. Du möchtest wieder irgendwohin, wo es ruhiger und weniger stressig ist.«

Karen war überrascht. Sie hatte nie mit Hannah über dieses Thema gesprochen, dennoch hatte ihre Tochter sie durchschaut.

»Würde mich nicht wundern, wenn du irgendwann zurückgehst nach Husum«, sagte Hannah. »Deine Agentur kannst du auch hier führen.« An Jonas gewandt fügte sie hinzu: »Und dann können wir immer herkommen, wenn wir wollen.«

»Na, so weit ist es noch nicht«, wehrte Karen ab.

Marit kicherte, und Karen dachte zuerst, es wäre wegen Husum. Doch dann erkannte sie, dass Bent in der Tür aufgetaucht war. Er hatte die Ärmel seiner Kochjacke hochgekrempelt und lächelte schief.

»Wer kommt zurück nach Husum?«, fragte er.

»Keiner!«, rief Karen. »Jedenfalls so schnell nicht.«

Alle blickten sie an und grinsten.

»Können wir jetzt bitte das Thema wechseln?«

»Gern«, sagte Bent lächelnd. »Das Essen ist nämlich fertig.«

Winterliche Rezepte des Nordens

Apfelbrot

250 g Dinkelmehl
250 g Dinkelvollkornmehl
1 Hefewürfel
⅛ l Apfelsaft
2 große Boskopäpfel
100 g Haselnüsse
25 g Mandelsplitter
50 g Rosinen
50 g Butter
2 Eier
1 TL Zimt
½ TL Salz

Mehl und Salz in einer Schüssel vermischen. Eine Mulde eindrücken.

Hefe in lauwarmem Apfelsaft auflösen, in die Mulde geben und zu einem Teig verkneten. 15 Min. gehen lassen.

Äpfel schälen, entkernen und in Würfel schneiden. Butter schmelzen lassen, Eier hinzugeben und verrühren. Apfelstücke, Haselnüsse, Zimt und Sultaninen untermischen.

Masse anschließend in den Teig geben und verkneten. Abdecken und weitere 30 Min. gehen lassen.

Teig in gefettete Form geben und mit Mandelsplittern bestreuen.

40 Min. bei 190° backen lassen.

Nordfriesische Fischsuppe

1 Bund Suppengrün
500 g frische Fischreste (wie Gräten, Köpfe, Kleinfleisch), alternativ 400 ml Fischfond
1 Zwiebel
2 Stangen Porree
1 große Möhre
1 Lorbeerblatt
¼ l trockenen Weißwein
250 g Schollenfilet
125 g Krabbenfleisch
125 g gekochtes Miesmuschelfleisch
50 g Butter
Sahne
1 Bund Dill
Salz, Pfeffer, Thymian, Zitrone

Suppengrün und Zwiebel putzen und kleinschneiden und mit gewaschenen Fischresten in einem guten Liter Wasser eine Stunde köcheln lassen. Flüssigkeit durchsieben und beiseitestellen.

Schollenfilet säubern, mit etwas Zitrone säuern und salzen. Porree in Scheiben schneiden, Möhre in Stifte schneiden, in Butter andünsten, Lorbeerblatt und Thymian hinzufügen, mit Salz und Pfeffer würzen, mit Weißwein und Fond ablöschen.

Das Fischfilet in Stücke schneiden und 10 Min. in der Suppe köcheln lassen. Krabben und Muscheln hinzufügen und erhitzen, jedoch nicht zum Kochen bringen. Mit Salz, Pfeffer und Zitrone abschmecken.

Sahne schlagen.

Suppe anrichten und mit Sahnehäubchen und frischem Dill garnieren.

Husumer Krabbensuppe

1 Litermaß Krabben
1 Bund Suppengrün
1 EL Mehl
50 g Butter
Tomatenmark
100 ml Sahne
Cayennepfeffer
1 Zitrone
Dill
Salz, Pfeffer, Zucker

Krabben pulen und kühl stellen. Suppengrün putzen, kleinschneiden und mit Krabbenschalen kochen. Die Flüssigkeit durchsieben und aufbewahren.

Butter in einem Topf flüssig werden lassen und eine Mehlschwitze anrühren. Mit Krabbenfond ablöschen. 10 Min. köcheln lassen.

Zur Brühe etwas Tomatenmark geben. Anschließend Krabben und einen Schuss leicht geschlagene süße Sahne hinzufügen. Alles erhitzen, aber nicht zum Kochen bringen. Mit Salz, Pfeffer, Cayennepfeffer, Zucker und Zitronensaft abschmecken.

Rest der Sahne schlagen.

Suppe anrichten und mit Sahnehäubchen und frischem Dill garnieren.

Salzwiesenlamm mit eingelegten Birnen und Baby-Kale

Lammkoteletts in Balsamico-Honig-Sauce

1 kg Lammkotelett
5 EL Olivenöl
2 Knoblauchzehen
3 Blätter Salbei
1 EL frische Rosmarinnadeln
Salz und Pfeffer
3 EL Balsamico
2 TL Honig
1/8 Liter Rotwein
1/4 Liter Gemüsebrühe
2 EL Sahne

Lammkoteletts waschen und trocken tupfen. Den Fettrand einschneiden, damit das Fleisch sich beim Braten nicht hochbiegt.

Knoblauch, Salbei und Rosmarin fein hacken. Olivenöl, Knoblauch, Salbei, Rosmarin, Salz und Pfeffer verrühren, die Koteletts in die Marinade legen und abgedeckt mindestens 3 Std. im Kühlschrank ruhen lassen.

Die Koteletts in einer heißen Pfanne von beiden Seiten ca. 5 Min. braten, dann herausnehmen und warm halten. Den Bratenrückstand unter ständigem Rühren in Balsamico lösen. Honig und Rotwein zufügen, aufkochen lassen und 5 Min. köcheln lassen. Die Gemüsebrühe hinzufügen, weitere 10 Min. köcheln lassen. Sahne beigeben und mit Salz und Pfeffer abschmecken.

Koteletts zurück in die Sauce legen und 2 bis 3 Minuten darin ziehen lassen.

Eingelegte Birnen

40 ml Weißweinessig
60 ml Wasser
1 EL Zucker
1 TL Salz
10 Pfefferkörner
2 Birnen

Essig, Wasser, Zucker, Salz und Pfefferkörner in einem kleinen Topf zum Kochen bringen. Birnen schälen, halbieren und entkernen. Birnenhälften in der Flüssigkeit köcheln lassen, bis sie sich mit einem Messer leicht einstechen lassen. Anschließend Topf vom Herd nehmen, einen Deckel aufsetzen und ziehen lassen.

Salatbeilage

Zupfsalat
Baby-Kale
Walnussöl
Salz und Pfeffer

Dressing aus 4 EL Essig-Birnen-Sud und 2 EL Walnussöl anrühren, mit Salz und Pfeffer abschmecken.

Alles portionieren und zusammen servieren.

Gefüllte Schweinefilets mit Honig-Chili-Rosenkohl und Walnuss-Kartoffelpüree

Schweinefilets mit Apfel-Pflaumen-Füllung

2 Schweinefilets
100 g Backpflaumen
2 Boskopäpfel
1/8 l Fleischbrühe
2 EL Crème fraîche
1 EL Schmalz
Salz, weißer Pfeffer, Thymian, Zitrone

Backpflaumen ungefähr 2 Std. einweichen lassen, danach entkernen und in Streifen schneiden. Einen Apfel schälen, entkernen und in kleine Stücke schneiden. Pflaumen und Äpfel vermengen.

Filets aufschneiden, Scheiben salzen und pfeffern. Apfel-Pflaumen-Mischung darauf verteilen, anschließend mit Spießen feststecken und von außen würzen.

Butterschmalz in Pfanne geben, Filets scharf anbraten. Mit Fleischbrühe abgießen, mit Thymian bestreuen und etwa 15 Min. zugedeckt garen lassen.

Den zweiten Apfel schälen, entkernen und in Spalten schneiden. Mit Zitronensaft beträufeln.

Filets aus der Pfanne nehmen und warm stellen. Crème fraîche in die Sauce rühren, aufkochen und mit Salz, Pfeffer und Zitronensaft abschmecken. Die Apfelspalten hinzugeben und erwärmen.

Rezept für Honig-Chili-Rosenkohl

500 g Rosenkohl
50 g Butter
100 ml Weißweinessig
2 EL Honig
Olivenöl
Chiliflocken
1 Bio-Orange
Salz, Pfeffer

Rosenkohl putzen und halbieren, mit Olivenöl in einer Ofenform vermengen und 20 Min. bei 180° backen.

Butter in Topf schmelzen lassen, Honig und Chiliflocken hinzugeben und verrühren. Weißweinessig hinzugeben, mit Salz und Pfeffer abschmecken.

Sauce über den gebackenen Rosenkohl geben und mit dem Abrieb der Orange garnieren.

Rezept für Walnuss-Kartoffelpüree

750 g Kartoffeln
50 g Walnüsse
¼ l Milch
50 g Butter
½ kleine Zimtstange
Salz, Piment, 2 Sternanis

Kartoffeln schälen und ca. 20 Min. garen. 40 g Walnüsse im Mörser zermahlen und kurz in 30 g Butter andünsten. Die restlichen Walnüsse hacken und zur Seite legen.

Kartoffeln abgießen. Milch, Salz und Walnussbutter hinzugeben und zu einem Brei stampfen.

Restliche Butter zerlassen, gehackte Walnüsse hinzugeben. Zimt in kleine Stücke schneiden, mit einer Prise Piment und Sternanis der Walnussbutter beifügen.

Kartoffelpüree portionieren und mit Walnussbutter beträufeln.

Schweinefilets in Scheiben schneiden, mit der Sauce garnieren und mit Rosenkohl und Püree servieren.

Dank

Ich danke Monika und Jacqueline für die Idee zu dieser Geschichte. Außerdem danke ich Alix Paulsen vom Weihnachtshaus Husum für die großartige Unterstützung. Und natürlich Klaus, ohne den mir die Knödel zusammengefallen wären, aber mindestens. Für alle möglichen Fehler in diesem Roman bin ich natürlich selbst verantwortlich.